edition suhrkamp 2469

Albert Ostermaier ist als Torwart die unbestrittene Nummer 1 der deutschen Autoren-Nationalmannschaft. Der leidenschaftlich leidende und liebende Fan eines Clubs, der die Geister scheidet, behandelt sein Thema Fußball mit einer Hingabe, die nur einer haben kann, der Gedichte und Stücke schreibt. In seiner »Ode auf Kahn«, seinen Hommagen an den kickenden Albert Camus und einen namenlosen Manndecker – in seinen Reportagen beschwört er die großen Tragödien, Triumphe und Mythen unserer Tage. Albert Ostermaier weiß: »Ein Torwart nimmt alles persönlich.«
Albert Ostermaier, geb. 1967, lebt als Theaterautor und Lyriker in München.

Foto: Isolde Ohlbaum

Albert Ostermaier
Der Torwart ist immer dort,
wo es weh tut

Suhrkamp

edition suhrkamp 2469
Erste Auflage 2006
© Suhrkamp Verlag Frankfurt am Main 2006
Originalausgabe
Alle Rechte vorbehalten, insbesondere das der
Übersetzung, des öffentlichen Vortrags
sowie der Übertragung durch Rundfunk und Fernsehen,
auch einzelner Teile.
Kein Teil des Werkes darf in irgendeiner Form
(durch Fotografie, Mikrofilm oder andere Verfahren)
ohne schriftliche Genehmigung des Verlages reproduziert
oder unter Verwendung elektronischer Systeme verarbeitet,
vervielfältigt oder verbreitet werden.
Satz: Jung Crossmedia Publishing, Lahnau
Druck: Nomos Verlagsgesellschaft, Baden-Baden
Umschlag gestaltet nach einem Konzept
von Willy Fleckhaus: Rolf Staudt
Printed in Germany
ISBN 3-518-12469-2

1 2 3 4 5 6 – 11 10 09 08 07 06

Inhalt

I
Der Torwart ist immer 9

ode an kahn 11
torwartkrieg oder: zweite ode an kahn 13
papillon oder: dritte ode an kahn 15
eins mit der eins 17
Allein gegen den Ball oder: Kahns Irrealis 28
Der Torwart oder: Elf Meter müssen es sein 34
der stein des anstoßes 36

II
Dort, wo es weh tut 37

manndecker oder: die mannheimer schule 39
abseitsfalle oder: brecht passt zu benn 40
93 oder: herzspielstand 42
In den Wolken 45
Als das Wünschen nicht mehr half 47
südkurve 53
nachspielzeit oder: shakespeares missvergnügen 56

III
Ersatzbank 59

I

Der Torwart ist immer

ode an kahn

wenn er beim eckball wie
eine blonde katze aus dem
tor stürmt auf einer welle
der begeisterung durch die
blauen lüfte fliegt – jetzt
müsste man eigentlich die
beach boys einspielen – &
im sprung er hört gar nicht
mehr auf zu fliegen seinen
teleskoparm über den
rotierenden rasurköpfen &
dauerwellen ausfährt dann
ist es für einen moment ach
könnte er doch verweilen als
wollte er die sonne aus ihrer
laufbahn fausten & die flügel
stürmer in einem schwarzen
loch zurücklassen als wäre die
welt nur zwischen seinen zwei
handschuhen zu fassen &
kein planet der halbaffen der
auf der gegengeraden hinter
seinem schon wieder zum
sprung gekrümmten rücken
durchdrehte & sich die brust
haare raufte wenn er der flash
gordon der strafräume in die

neue angriffsflut hechtet
abtaucht in ein meer von
strudelnden schienbeinen &
sich mit bloßen händen die
kugel fischt niemand schifft
sie an ihm vorbei ohne in das
haupt der medusa zu schauen
seine arme sind wie skylla &
charybdis & wer könnte diese
enge passieren ohne um sein
leben zu fürchten selbst seine
mannen macht er rund &
schreit sie an als hätten sie
wachs in den ohren & könnten
ihn nicht hören den rauhen
aufbrausenden sirenensang
ihres felsen in der brandung

torwartkrieg oder: zweite ode an kahn

der torwart ist ein einzelkämpfer die
schatten ziehen wie camouflage
über sein gesicht er spreizt die finger
da gibt es nur du oder ich seine stimm
bänder dehnen sich der kehlkopf ein
rotor und *da haut man auf mich drauf*
er kämpft gegen einen unsichtbaren
gegner vor den feindlichen formationen
sprunggelenke wie handgranaten *ich
habe immer nur sportlich reagiert*
die bälle schlagen ein und er schlägt
zurück der strafraum ein feld aus
tretminen täuschungen drehungen
ein verdeckter angriff ein schuss
aus dem schatten eines fallenden
rückens er fängt die kugel im flug
verlangsamt sie mit seinem blick
er hat die abwehrkette mit seinen
nervknoten *verknüpft niemand
interessiert was geleistet worden
ist sondern das was geleistet wird*
er kennt keine angst er ist umstellt
fronten von allen seiten die schenkel
klappmesser er lässt luft ab bis bei
den anderen die luft raus ist er sieht
was kommen wird *mit einem blinden
kann man das nicht erreichen* ein

held ist nur wer alles hält *ich habe
noch eine rechnung offen* und er
wird halten was er verspricht *ich
denke nicht ans scheitern* ein lächeln
und er verschwindet über die asche
in die katakomben und wird wieder
auftauchen vor den angriffswellen
wenn der tag gekommen ist

papillon oder: dritte ode an kahn

> *mein absoluter lieblingsfilm ist papillon*
> oliver kahn

der schmetterling auf der brust
er überflügelt deinen frust jeder
herzschlag wird ein flügelschlag
und deine lungen finden ihre
zweite luft du lagst am boden
hast mit dir gerungen nichts
hat dich bezwungen nichts
wird dich bezwingen über
mauern gleitest du auf leichten
schwingen allein durch deinen
willen sprengst du ketten als
alle aufhörten auf dich zu wetten
als alle gedacht hätten mit dir
ging es zu ende gingst du durch
wände niemals aufgeben niemals
ohne freiheit leben das ist keine
flucht wenn einer das weite sucht
nach der enge er hat es geschafft
obwohl niemand mehr glaubte
dass es gelänge hat er es weiter
versucht und entkam der haft
es gibt kein gefängnis mehr für
dich selbst in größter bedrängnis
siehst du nicht die insel sondern
das meer wer kann denn das

meer fassen du wirst nie von
deinen träumen lassen was
schwer in deiner brust liegt
sieh wie leicht es wird wenn
dein schmetterling fliegt die
schwerkraft besiegt und alles
was dich nach unten zieht du
musst nur daran glauben und
alle angst weicht aus den augen
was hält dich schon papillon

Eins mit der eins

Eine Szene

Personen:

- Titan, der Torwart
- Ronalda, ein Fan mit Kurven
- Die Fankurve

Eine Hotelsuite. Austauschbarer, serieller Wohlfühlluxus mit einem Hauch Strenge, alles mit hohem Wiedererkennungswert, obwohl: das Bett ist rund, der grüne Teppich, auf den zweiten Blick, aus Kunstrasen, das Regal und die Garderobe sind aus steckbaren Trainingsstangen gebaut, der Durchgang vom Wohn- in den Schlafbereich läßt ein Tor assoziieren. Doch alles sehr dezent, nicht aufdringlich. Eher improvisiert, denn inszeniert.
Ein blonder, großer Mann, liegt auf dem Bett, schaut eine Golfliveübertragung auf dem Flatscreen an, doch nicht ohne dabei seine Bauchmuskeln zu definieren. Es klopft an der Tür. Die Tür ist offen. Eine Frau tritt ein, einen Männerwaschbeutel um das Handgelenk.

RONALDA

Das hast du vergessen, Panther.

TITAN

Ich...

RONALDA

Wo bleibt deine Kreativität und Inspiration, schwarzer Panther? Ich dachte, wenn sich die Gelegenheit bietet, schlägst du blitzschnell zu.

Schlag deine Zähne in meinen Hals, du Tier, ich bin deine Beute.

TITAN

Wie kommst du hier rein?

RONALDA *sie zieht sich langsam aus, nähert sich dem Bett.*

Was interessieren mich Türsteher, ich stehe auf Torsteher mit Tunnelblick, solang sie ihren Mann stehen. Fletschst du deine Zähne schon? Aber sag nicht wieder Heiko zu mir, wenn du mir das Ohr abbeißt, das finde ich nicht herrlich. Ich habe ja nichts gegen Kosenamen, aber meine Nase läßt du bitte auch dran. Worauf wartest du? Das autogene Training ist zu Ende.

TITAN

Ich stehe ja unter extremer Beobachtung.

RONALDA

Du bist die Hand, du bist 82 Millionen. Seid umschlungen, Millionen, nun faß schon meine Bälle an, oder hast du was gegen Ballzauber und etwas Spaß und willst du, daß sie wieder unter dir durchrutschen. Oder hast du etwa Angst? Deine Frau?

TITAN *faßt ihre Brüste an.*

Ich muß die zwei Gesichter der Angst kennen.

Lähmt sie mich oder treibt sie mich an? Wenn sie mich beflügelt, suche ich sie sogar.

RONALDA

Wunderbar, schön geschmeidig sein, Panther. Ich habe alles dabei: Tornetz, darin verfang ich mich.

TITAN

Nein, das geht nicht, Bälle im Netz. Ich halte den Kasten sauber.

RONALDA

Gut, wenn dir das zu schmutzig ist. Ich habe auch elastische Bänder, Tapes, Kaltwarmkompressen, und ein Kältespray, wenn du dich in der Hitze des Gefechts verletzt oder wenn die Partie zu eng wird, dann ...

TITAN

Ich bin ein Mensch, der Werten wie Tradition sehr nahe steht. Kein Sex vor dem Spiel.

RONALDA

Das ist das Vorspiel, Baby. Aber wenn du verkrampfst ... Okay, machen wir's ronaldolike, du bewegst dich nicht und ich werde kräftig verschieben bis nichts mehr zu halten ist. Dann hast du aber das nächste Mal einen Freistoß gut.

TITAN
Nicht diesen Namen, ein Schatten...

RONALDA
Nein, nicht mal ein Schatten. Da bewegt sich nichts.

TITAN
Wahre Größe zeigt sich bei Menschen in schwierigen Situationen, wo man viel verlieren kann oder verloren hat.

RONALDA
Vielleicht entspannt dich etwas Musik?

TITAN
Elvis, aber nicht der späte, der ist mir zu hart. Swing. Ein Swinger-Album, Sinatra oder Robbie Williams.

RONALDA
Warum ziehst du jetzt die Mütze und die Sonnenbrille auf? Hilft das?

TITAN
So komme ich in die benötigte totale Konzentration.

RONALDA

Du kannst auch die Handschuhe anziehen, wenn dir das hilft.

TITAN

Meine Handschuhe sind für mich ein megasensibles Arbeitsinstrument, die genau für meine Ansprüche hergestellt werden. *Er wirft sich nach ihr.*

RONALDA

Auf einmal geht's ja. Paß auf, ich habe hier auch was, genau auf meine Ansprüche hin hergestellt.

TITAN

Immer schön den Kasten sauber halten, nur keinen Gegentreffer.

RONALDA

Nein, ich laß mich so schnell von keinem rund machen, auch nicht von so einem charismatischen Individualisten.

TITAN

Du hattest was mit Helmut Schmidt?

RONALDA

Ist das auch so ein Samurai? Komm, wir wollen mal dein Schwert ziehen. Was ist denn das?

TITAN
  Gel.

RONALDA
  Das schmiert man sich in die Haare.

TITAN
  Bei mir müssen alle Haare halten. Du mußt dich mental auf die widrigsten Wetterverhältnisse einstellen. Wie beim Golf. Schlagroutine. Drei Wetter Tough. Ich bin 24 Stunden ultra.

RONALDA
  Das ist extra. Und was haben wir denn dort. Einen Schmetterling? Den hast du dir machen lassen, als du so niedergeschmettert warst, nicht? Aber ich bring dich wieder hoch und auf den Gipfel des Erfolgs. Du schaffst es!

Auf dem Flatscreen laufen jetzt die Karrierehöhepunkte Oliver Kahns.

TITAN
  Ich bin die Eins!

RONALDA
  Eins und Eins, das macht:

TITAN
  Eins.

RONALDA

Es kann nur einen geben. Ich will deine Reflexe spüren. Saug meinen Schweiß mit deinen Handschuhen auf. Das ist ein Regenspiel. Das ist dein Finale. Du bist Deutschland. Deutschland und du, ihr vereinigt euch.

Die Tür öffnet sich und aus allen Schranktüren treten Fans auf und bilden eine Kurve um das Paar. Fangesänge.

TITAN

Eins wird werden eins. Ich bin die Eins, die Eins, die Eins, kein Zweifel...

RONALDA

Die letzten Sekunden. Gleich.

TITAN

Pfeif ab, pfeif ab.

RONALDA

Hast du dich verletzt?

TITAN

Nein, ich meinte, komm, du kannst mich doch jetzt nicht, alleine, da...

Die Fankurve verschwindet wieder.

RONALDA

Keine Nachspielzeit. Ach so, das habe ich vergessen. Ja, Weltmeister, du bist Weltmeister, mein Panther. Zieh dich an. Deinen Pokal kannst du unten an der Bar stemmen.

TITAN

Mein Ziel war es immer, eine Ära zu prägen.

RONALDA

Apropos prägen. Das macht 2000.

TITAN

2006.

RONALDA

Die sechs Euro kannst du dir sparen. Wir haben die Tarife erhöht. Weltmeisterschaft, da wird alles teurer. Aber die Kahnnummer ist eine der teuersten, mein Schatz. Vor allem die Japaner fahren da voll drauf ab, Tolwalt zu spielen. Nur Ballack kostet mehr, das zieht sich immer so lang.

TITAN

Ich dachte, du liebst mich.

RONALDA

Hallo, aufwachen, das Spiel ist aus. Mach, daß du hier rauskommst.

TITAN

Meine Handschuhe.

RONALDA

Handschuhe, die Klamotten, das Netz, die Sprays und ganz neu den Handgelenksschutz: Kannst du dir alles unten kaufen. Wir haben einen kleinen WM-Shop eingerichtet. Muß ja mit der Zeit gehen. Gibt auch Kahnspielfiguren. Kannst ja schon mal üben fürs nächste Mal.

TITAN

Ich muß arbeiten, arbeiten, arbeiten.

RONALDA

Ja, du weißt doch: Der neue Mann ist übersexuell. Selbstbewußt, maskulin und hat höchste Leistungsansprüche an sich selbst. Das müssen wir noch verbessern, nicht? Gönne dir mal paar Trainingseinheiten bei mir. Und jetzt: ab in die Katakomben!

TITAN

Ich will nicht so sein, wie man mich vielleicht gerne hätte. *Er will gehen, steht schon in der Tür.*

RONALDA

Halt, warte! Die brauche ich noch! Die blonde Perücke mußt du da lassen, Jens!

BLACK

Allein gegen den Ball oder:
Kahns Irrealis

Da lagen sie an der Strafraumgrenze, auf dem frostigen, von den Stollen aufgerissenen Rasen, da blieben sie erstarrt liegen, auf der kreidebleichen Markierung, die einst besagte: Wenn du diese Linie überschreitest, laß alle Hoffnung fahren. Abgestreift, auf den Boden geschmissen, zurückgelassen lagen sie da, als schon längst keiner mehr sonst da war: Kahns Torwarthandschuhe. Als würden seine Hände dort liegen, abgeschlagen, als würden noch die Nerven nachzittern in ihnen, die Berührung des Balls, bevor er unter seinem Körper ins Tor rutschte. Als er die Klettverschlüsse aufriß, konnte man es im ganzen Stadion hören, als würde einem die Haut über dem Herzen abgerissen.
›Den Ball muß man halten, auch wenn man ohne zwei Arme und Beine spielt‹, sagt er danach, nach der Schlacht, den Katakomben, dem Entmüdungsbecken, dem einsamen Gang alleine aus dem Stadion in die Kälte, in den Aschermittwoch, die Ernüchterung, den nächsten Morgen. Kahn, ein Torso. Kahn, ein griechischer Held mit zerbrechlichen Händen. Kahn ein Held, den man plötzlich lieben kann, denn Helden kann man nur lieben, wenn sie verwundbar sind: ›Es kann dich immer erwischen.‹ Kahn, eine Tragödie, ein Tragöde. Er liegt am Boden, doch der Kampf ist noch nicht zuende:

›Dann muß ich das Spiel in Madrid alleine gewinnen.‹ Kahn gegen 120 000 Zuschauer und 22 magische Beine in kurzen weißen Hosen, Kahn gegen die Kopffüße der Hydra, Kahn allein: there he comes, John Wayne. Wie kann ein Torwart alleine ein Spiel gewinnen? Wenn der Gegner ein Auswärtstor schoß, wenn es nicht reicht, daß die Null steht, und die anderen denken, daß eine Null im Tor steht? Will er nun auch selbst stürmen, in der letzten Minute der Nachspielzeit beim Eckball, es steht Null zu Null, unendliche Sekunden lang im gegnerischen Strafraum in der Luft stehen, all seine Wut in die Stirnfalten legen und mit seiner blonden Mähne alle überragend den Ball unhaltbar ins Netz köpfen, um danach dort zu knien, wo seine Handschuhe lagen, die Hände in die Luft strecken, bevor er von seinen jubelnden Mitspielern begraben wird, und seine Handschuhe im Triumph dort liegen bleiben, als Zeichen, als Warnung: Kahn was here. Wer die Unhaltbaren hält, darf auch das Undenkbare denken. Kann Kahn das Spiel alleine gewinnen? Er hat es in München fast alleine gewonnen, denn die ganze Mannschaft war sein Körper, lief auf seinen Nervenbahnen, hatte seinen Willen, seine Aggression, seine Unbedingtheit, seinen Siegeswillen. Kahn hat diese Mannschaft seine Konzentration gelehrt, sie rannten wie Kahnklone über das Spielfeld, grätschten in die Künstlerbeine, hatten Biß und spielten mit der Lizenz zu gewinnen um jeden Preis. Sie waren nicht wiederzuerkennen, und Kahn war nicht wiederzuerkennen, eine fatale Asymmetrie, eben der Stoff für eine Tragödie. Die Fallhöhe, hinab zum Ball. Dieses traumatische Bild: Er hält den Ball in seinen Händen, seine Hände sagen, er hält ihn in den Händen, doch der Ball liegt längst hinter ihm im Netz. Er hält ihn fest, aber da ist nur Luft, seine Hände, die Luft umschließen. Ein Torwart darf nie zurückschauen, er hat einen Sperrmuskel im Nakken. Wenn er zurückblickt, wird er zu Orpheus, und alles ist verloren; hinter ihm liegt immer der Ball.

Schon sagen einige, Kahn versage in den entscheidenden Momenten, als entspräche er wirklich in allem dem Gesetz des Helden, der scheitern muß, damit er zum Mythos wird, der Torwart von der traurigen Gestalt. Jeder vergißt, daß nicht Deutschland, nicht Bayern ohne ihn überhaupt zu der Chance gekommen wäre, Geschichte zu schreiben. Aber die Magie des Fußballs ist eben die, daß er wie das Leben ist, daß auch er menschlich, allzumenschlich ist. Kahn, die Maschine, die zum Mensch mutierte und dadurch verletzbar wurde. Es wäre unmenschlich gewesen, im WM-Finale diesen Fehler nicht zu machen. Es mußte so kommen. Sie kamen nur durch Kahn so weit, so nah an das Ziel. Es war wie ein Überlebensinstinkt, diesen Ball abprallen zu lassen. Was wäre aus Kahn geworden, wären sie Weltmeister geworden? Und, als Torwart gesprochen: eine Mannschaft, die den Fehler eines Torwarts nicht wettmachen kann, ist nicht stark genug.

Wären die sogenannten Unhaltbaren nicht gehalten, sondern Treffer gewesen, hätte niemand ihm einen Vorwurf machen können. Die Fehler der Stürmer vergißt man, die der Torwarte nie.
Die Psychologie eines Torwarts ist immer eine gefährdete. Er muß seine Reflexe wider alle natürlichen Reflexe einsetzen, er muß zwischen Beine springen, mit seinen Händen unter Stollen greifen, ein Torwart ist immer dort, wo es weh tut. Und was das allerschlimmste ist, er muß zu warten verstehen. Das Spiel ohne Ball bedeutet für einen Torwart die schwerste Geduldprobe, er kämpft gegen ein Phantom, streckt sich in Gedanken, geht in Gedanken zu Boden, liest in Gedanken, was kommen mag. Und das Perverse: Er hofft, daß die Gegner vor sein Tor kommen, daß er sich beweisen kann. Er verhindert durch seine Organisation, durch das Anbrüllen seiner Abwehr das, was er doch herbeisehnt: das Duell. Ein Torwart nimmt alles persönlich, jeden Gegenspieler, den gegnerischen Torwart sogar, wenn er gut hält. Du machst kein Tor gegen mich. Ein Torwart liebt es, wenn ein Spieler allein auf ihn zukommt, am besten gleich drei, das ist seine Chance. Ein Torwart hat keine Angst, ein Torwart macht Angst, muß Angst machen. Am wenigsten Angst hat er vor dem Elfmeter, denn dort kann er nur gewinnen. Die größte Angst hat er nicht vor den unhaltbaren, sondern vor den haltbaren Schüssen. Den Rollern, den Bällen, die nicht richtig getroffen werden, den Bällen aufs kurze Eck, aufs Torwart-

eck. Dort ist er verwundbar. Er haßt die, die einfach nur draufhalten, mit dem Spitz. Es ist eine Beleidigung, eine Verletzung der Regeln, des Zweikampfs. Manchmal ist für einen Torwart Fußball wie Schach, man muß immer die Spielzüge und Bewegungen des Gegners antizipieren. Wenn er dumm ist, sieht man leicht selbst dumm aus.

Ein Torwart ist in einer permanenten Ausnahmesituation. Wird er ausgewechselt, nicht aufgestellt, ist es wie eine Vernichtung. Er weiß, er wird so schnell nicht wiederkommen. Jeder andere Spieler bekommt schneller wieder seine Chance. Ein Torwart ist immer spielentscheidend, und sei es durch die Abwesenheit seiner Fehler.

Oliver Kahn ist zu einer Metapher für Deutschland geworden. Er verkörpert alle deutschen Tugenden: Ehrgeiz, Disziplin, Präzision, Willenskraft. Er sieht aus wie ein Deutscher. Er hat sich dagegen gewehrt, auszusehen wie ein Deutscher. Man hat ihn nicht aus der Repräsentation gelassen. Er ist unser einziger Weltklassespieler. Er steht für Deutschland in der Welt. Aber: Er ist ein Torwart. Deutschland ist nicht mehr Netzer, nicht mehr Beckenbauer. Es öffnet nicht die Räume, schlägt nicht den genialen Paß, kennt nicht die Offensive, die Kreativität, den Mut nach vorne. Deutschlands Superstar steht für die Null, die Bewahrung des Ist-Zustandes, die Abwehr vor jeder negativen Veränderung, die Sicherheit. Das ist die Qualität von Kahn, das ist das Manko von Deutschland. Ein Torwart kann ein

Spiel nicht alleine gewinnen, ein Torwart kann alleine ein Unentschieden erzwingen. Während die anderen drei Punkte machen, machen wir einen. Der Torwart hält den Rücken frei. Stürmen müssen die anderen, riskieren, gewinnen. Deutschland kommt nur schwer aus der Defensive. Es muß wieder entschieden nach vorne spielen.

Niemand gibt Bayern eine Chance für das Rückspiel. Auch Madrid hat einen Torwart. Er ist auf dem Höhepunkt seines Könnens. Wenn er zum Helden taugt, wird Bayern gewinnen.

Der Torwart oder: Elf Meter müssen es sein

Vor nichts hat der Torwart weniger Angst als vor dem Elfmeter: Aug in Aug mit dem Strafstoß-Schützen kann er nur gewinnen. Ein ungleiches Duell, das seit Menschengedenken sich wiederholt: auf Sandplätzen, in den größten Stadien der Welt, auf der Straße zwischen Scherben, wenn die Coladose gegen die Zahnspange knallt, auf den Hinterhöfen, wo die Kinder die Spiele der Großen nachdribbeln und die Katze von Giesing gegen die Mülltonnen kracht und ein glückliches Lachen die zersprungene Fensterscheibe des Hausmeisters vergessen macht. Torwarte beim Elfmeter sind die letzten Helden: Sie haben keine Chance, aber sie nutzen sie immer wieder, träumen davon, während der Schütze in sich zusammengesunken am Boden kauert, unter ihren Mitspielern begraben zu werden. Oft sind sie hünenhaft wie Goliath, mit baumelnden Armen und Händen groß wie Bratpfannen, und doch reicht schon ein kleiner Golfball aus, sie niederzustrecken. Sie leiden unter Vorurteilen, haben über die Jahre eine unbändige Wut angestaut, denn sie waren nicht selten die letzten, die bei der Auswahl der vorlauten O-Bein-Davids übrig blieben, weil keiner sie haben wollte und sie deshalb in ihr Exil zwischen den Pfosten verbannt wurden, ab in den Strafraum. Das wollen sie ihnen heimzahlen, springen mit beiden Beinen voraus in den Gegner und holen ihn von den Füßen, schnappen den Ball vor seinem Kopf weg, beißen ihm ein Ohr ab oder täuschen beim Elfmeter fies die falsche Ecke an. Torwarte lieben Kung-Fu-Filme und sind in ihrer Einsamkeit und Spiritualität wie tibetanische Mönche. Orpheus kann kein Torwart gewesen sein, ein Torwart blickt nie zurück, denn hinter ihm liegt immer das Grauen: der Ball im Netz. Sie kennen nur Feinde und werden von allen Seiten bedroht: neben den Spitzen, die sie abstumpfen müssen, nicht zuletzt von ihren eigenen Mitspielern, die aus Feigheit den Ball zurückpassen oder kopflos ins eigene Tor köpfen. Aber nichts haßt ein Torwart so sehr wie ein Spiel ohne Prüfung, weshalb er sich wider alle Logik die Stürmer herbeisehnt, die Grätsche seines Vorstoppers, damit es endlich einen Elfmeter gibt und er es allen zeigen kann: ich habe keine Angst, Herr Handke. Klar, daß der mit seinen andersgelben Füßen an ihm scheitern wird.

der stein des anstoßes

man muss sich camus als einen
glücklichen torwart vorstellen
er hatte kein problem mit bällen
die an ihm vorbei über die linie
schnellen das gehörte für ihn zum
existentiellen sich nicht lang zu
quälen und die kugel aus dem netz
zu holen während die horden hinter
seinem rücken auf kosten seiner
diastolen unverhohlen höhnisch johlen
die seinen über ihn als blinden nölen
und die gegner sich mit ihren leibern
unter freuden ineinander knäulen
das spiel begann für ihn mit jedem
tor von neuem er hatte keine angst
vor elfmetern oder der hand gottes
in seinem strafraum versagt er sich
alles zetern so sehen wir nur wie
ein angespannter körper sich
anstrengt wenn er im eckigen das
runde fängt oder den schuss um die
stangen lenkt er ahnt dass alles nur
von ihm abhängt tragisch ist es aber
nur in den wenigen augenblicken
wenn er sich dessen bewusst wird
und statt zu spielen kluges denkt
denn der ball kommt nie aus der
richtung aus der man ihn erwartet

II

Dort, wo es weh tut

manndecker oder: die mannheimer schule

ich trat auf dein knie jetzt schwoll es an
zu einem ball und ist so rund dass du
damit denken kannst das wollte ich
nicht mit dem feuerzeug aber der rasen
musste brennen diese leidenschaft auf
engstem raum zu verschieben vor und
zurück was stehst du so abseits ohne
meinen atem in deinem nacken du
musst zurück ins spiel finden dein
platz ist bei mir wohin du auch läufst
ich folge dir wie stürmisch du am
anfang warst und wie ausgewechselt
auf einmal du jetzt bist dein glück
nach dem spiel ist vor dem spiel ich
werde wie pech an dir kleben bleiben

abseitsfalle oder: brecht passt zu benn

sie machen sich nicht klar wie völlig isoliert
ich hier bin wie es mich sphärisch friert ohne
jede beziehung geistiger art zu meiner umwelt
das ist hart lieber benn und selbsterwählt aber
gehen sie doch ins stadion da wird einem was
zählt für sein geld auch ein gesunder gegenwert
an gefühlsausbrüchen geboten *ach dieser run*
auf aonen in die stunde des nie nur parapsychoten
schienbeine und choreographie verfallen sie
doch nicht in melancholie *die von rauchraketen*
getroffenen bierfahrer werden mir auf den tisch
gestemmt sie sind doch selbst ein nebelwerfer
seien sie nicht so verklemmt fussball enthemmt
ach du zerrinnender und schon gestürzter laut
fussball lehrt eine masse in der möglichkeitsform
denken *aber wo denken sie hin dort ist torheit*
die norm ich schenke ihnen demnächst ein
kopfballpendel erst liebte er händel jetzt frisst
er mit den fingern fettschwitzende hendl das
ist morphologie so bleiben sie immer einsamer
nie jederzeit ist die katastrophe oder ein
geniestreich möglich *das kenn ich von mir*
das späte ich eigenimmortelle sie treiben über
außen die bälle in den strafraum fallrückzieher
das wort das notier ich mir tibulski tor man
erfährt dass sich in sekunden was verändern
lässt das ist mehr als die geschichte lehrt *ich*

empfinde nur leere das ist anschauungsunterricht
für revolutionäre *immer diese erhitzte aufgehetzte
atmosphäre* der weg ins spiel führt immer über den
kampf *und über den wadenkrampf hinaus kurze
hosen und fleisch auf gras ein graus* aber der
doppelpass und die lieder die sie singen *nein
ich bleibe stur* blau und weiß ist ja der himmel
nur *ich dachte dass nur einer ihrer frauen solch
eine zeile gelänge aber nein fangesänge* und
ihr ätherisches traurig traurig tralala aber wie
wärs mit heut ist die arminia mit dem hammer
wieder da *das sänge ich ein jammer erinnern
sie mich nicht an diese stadt mit straßenzügen
wie pissoirrinnen morgen beginnt der dienst* nur
mit dem system des kreiselspiels lässt es sich
gewinnen *skeptischer kälter erwartungsloser
kann man ein neues leben nicht beginnen und
ginge ich mit wer gewänne die partie* nur die
himmelblauen *na gut dann hätte sie dank des
schicksals symmetrie pech bei den frauen sie
trinken bier* wegen des schaums *ich hole ihnen
eins und eile zurück aus der tiefe des raums* beim
gehen aber bitte nicht umdrehen und vergessen
sie nicht lieber benn die null muss stehen

93 oder: herzspielstand

die zeit ist aus den fugen es ist
halb elf jeden tag um halb elf
blinkt seine armbanduhr er reißt
die arme in die luft legt die uhr ab
geht in die nächste ecke und legt
seine hände über sein gesicht
sinkt zu boden die stirn in die
handballen gepresst tränen in
den augenwinkeln trauerränder
um die wie bälle aufgepumpten
tränensäcke der du die zeit in
händen hast nimm auch diese
last und wandle sie in segen
man musste ihn wiederbeleben
er hält den atem an solange er
kann als tauchte er unter wasser
als wäre der glühende sonnenball
ins meer getaucht und er tauchte
mit ihm tiefer und tiefer umspült
von glückswellen gleitend inmitten
brennender schmeichelfische an
seinen zitternden flanken er floss
dahin als würden ihn hände durch
die menge tragen doch dann ein
schlag auf seine brust die faust
da schreckt er auf es treibt ihn
nach oben er schnellt durch das

wasser sein leben überholt ihn
die erinnerung er schnappt nach
luft und ist im dunkel ein schwarzes
fahnenmeer vor seinen augen
unter seinen schwitzenden
händen ein jegliches hat seine
zeit ihm fehlen jeden tag
drei minuten drei minuten
herzstillstand drei präkordiale
faustschläge und er war wieder
da und das spiel aus vier minuten
nach halb elf schlug er die augen
wieder auf und sein herz schlug
weiter es hatte nur für sie die roten
geschlagen er verzieh es ihnen nie
als sieger zu sterben und zurück
geholt zu erwachen als verlierer
drei minuten eine zigarettenlänge
ein langer kuss im regen sich in
den armen liegen den ball in der
luft halten drei minuten mit der
stirn den schulterblättern den
schenkel dem knie der hacke
der spitze drei minuten den ball
gegen ein garagentor schlagen drei
minuten wie lange wird seine
nachspielzeit gehen er schaltet
jedes spiel in der neunzigsten
minute aus seitdem verlässt das
stadion wenn die uhr umschlägt

er wurde ein zweites mal geboren
die mutter aller niederlagen holte
ihn zurück aus der tiefe des raums
nahm ihn in die zange ein strafstoß
dachte er zunächst zwei jahre später
hielten sie ihn fest als er gehen wollte
nach neunzig minuten ein spiel dauert
neunzig minuten sie ließen ihn nicht
aus als er den jubel hörte am ende
als sie einander umarmten dachte
er jetzt sei er wieder tot doch die
verlorene zeit hatte zurückgefunden
und drehte dort unten auf der
aschenbahn ihre siegerrunden

In den Wolken

Ich kann nicht hinschauen, nein, wenn er verschießt, nein, er verschießt nicht, es ist ja Uli Hoeneß, er ist ja von meinen Bayern, er kann ja gar nicht verlieren, aber wie er den Ball auf den Elfmeterpunkt legt, der müßte doch noch ein paar Zentimeter, bewegt er sich nicht noch, der Ball, was ist denn da auf seinem Gesicht, ist das Angst, nein, ich kann das nicht anschauen, und dann fragt meine Mutter, warum denn Elfmeterschießen, und was passiert, wenn er verschießt, der verschießt bestimmt, meint mein Vater, die verschießen doch immer, wenn es darauf ankommt, nein, er wird nicht verschießen, der ist doch bei Bayern, fragt meine Mutter, ja, wenn der Müller noch spielen würde, antwortet mein Vater, aber der spielt ja nicht mehr, ich sinke vom Sessel auf den Boden, wenn er trifft, mache ich auch immer meine Mathehausaufgaben, lieber Gott, die Tschechoslowaken, das sind doch Kommunisten, und die spielen ja in Belgrad, ich rühr mein Eis nicht an, es schmilzt dahin, es ist schon mein drittes, beim Ausgleich in letzter Minute, Hölzenbein, den mag ich doch eigentlich nicht, ich bin brüllend durch das ganze Wohnzimmer gerannt, daß der Junge so fußballfanatisch ist, eigentlich dürfen doch nur meine Bayern die Tore schießen, der Uli ist einer meiner Bayern, einer meiner Lieblingsspieler, wenn wir draußen im Regen die Spiele nachgespielt haben, war ich doch immer Uli Hoeneß, bin über die Flügel, und ich habe ja auch solche Locken, das spielen wir morgen nach. Und ich bin der Uli, Elfmeterschießen, und ich treffe, links oben, ich zieh mein Bayerntrikot an und ich treffe, aber es will bestimmt wieder keiner ein Tschechoslowake sein, obwohl die so schöne Trikots haben, was hast du denn morgen in der Schule, Albert, fragt meine Mutter, warum schießt er denn nicht endlich, die verdienen doch alle zuviel, meint mein Vater, der sich überhaupt nicht für Fußball interessiert und immer Fragen stellt, und immer gegen Bayern ist und mich nicht im Verein spielen lassen mag, wenn er trifft, esse ich kein Eis mehr, nie mehr, ich zieh auch den Samtpulli an, der so kratzt, jetzt läuft er an, wie läuft er denn, wenn er so läuft, wird das doch nichts, lauf doch noch mal an, ich mach die Augen zu, ja, ich mache die Augen zu, nein, ich muß es sehen, nur, wenn ich die Augen auf hab, trifft er, jetzt, drüber, drüber, übers Tor, nicht mal aufs Tor, drüber, nein, ich muß nur die Augen aufmachen, er hat doch noch gar nicht geschossen, nein, drüber, ich habe es doch gesagt, sagt mein Vater, sei doch nicht so traurig, Albert, tröstet meine Mutter, drüber, ich faß es nicht, ich heule, ich geh morgen nicht in die Schule, ich bin morgen Uli Hoeneß und ich mach ihn rein, ich mach ihn rein, Albert, mach den Fernseher aus, ich mach ihn rein und wir sind Europameister.

Als das Wünschen nicht mehr half

Seitenaus. Deutschland gegen Rumänien. Vor der Trainerbank, gefangen im UEFA-Strafraum zwischen Energiedrinks stehend: Erich Ribbeck, die redenden Hände wie einen Scheibenwischer durch die feuchte Hitze schiebend, als machte in seiner nicht enden wollenden geriatrischen Solidarität mit Lothar Matthäus gerade sein Wahrnehmungsmuskel zu. Wie damals Ceauşescu, der König der Karpaten, vor der Revolution auf seinem Balkon, blickt er in die Katastrophe und will nicht glauben, was er dort sieht: daß die harte Realität seinem maroden Wunschgebäude gegen das Schienbein tritt und seine aus porösen Satzbausteinen gefügte Abwehrmauer schon bei ihrem ersten Sturmlauf durchbricht.

Sicher wird Deutschland mit diesem Team in die EM-Geschichte eingehen – als erstes Land, das ein rhetorisches Seminar zu einem Wettbewerb schickte. Auf Versfüßen gewinnt man leider kein Spiel, selbst wenn Pfingsten ist. Der heilige Geist hat wieder einmal seine anatomische Schwäche bewiesen und hätte den Adilettenaposteln des deutschen Fußballs statt ihrer Zungen wohl besser die Wadenkrämpfe gelöst und den erbärmlich hängenden Spitzen Flügel verliehen. Auf die Frage, was ihm zu Hagi (gesprochen: Hadschi) einfiele, hat Mehmet Scholl, der ja bei Interviews gerne niest, eloquent

mit ›Gesundheit‹ gekontert. Ein Wunder, daß ihm auch auf dem Platz, wo die Wahrheit zwischen Grasbüscheln liegt und heftig durchgrätscht wird, eine passende Antwort einfiel.
Ansonsten kommt dieser fromme und alle Selbstheilungskräfte beschwörende Wunsch ja aus den Zeiten der Pest. So läßt sich aus dieser düsteren Schnupfenepoche eine erleuchtende ›Bogenlampe‹ ins erkältete Abseits unserer Spielunkultur schlagen. Es stimmt schon, Pater Braun, die Taktik unseres Trainers stammt aus dem Mittelalter, aber: Gesundbeten hilft längst nicht mehr, da mag Lothar noch so oft aus dem Jungbrunnen steigen und alle zu seinem Stigmamuskel pilgern. Nicht umsonst sprechen die deutschen Spieler davon, daß sie sich wie am Pranger fühlten. Denn so kicken sie ja auch: völlig unbeweglich; nur liegt die Marter bei denen, die sich das auch noch anschauen müssen. Da wartet sie, die Masse, auf kollektive Ekstasen, doch sie bekommen nur Angsthasen statt Fußball auf dem Rasen.
Als Fan der Deutschen Mannschaft bleibt einem nichts anderes übrig, als sich schon jetzt einer Weltmeisterschaftsqualifikationsuntergangssekte anzuschließen, dann kann man sich wenigstens auf einem Katapult oder aus einer Torkanone in den Nachthimmel schießen lassen. Die letzte Hoffnung auf einen gewissen Kick.
Wie kann man auch zu einem Turnier ohne jeden Guru oder Hofnarren fahren? Dieses Team hat sein

Profil einfach der Föhnfrisur Oliver Bierhoffs angepaßt. Außer Oliver Karate Kahn, Jens Eigentor Jeremies und Carsten Ringküsser Jancker, nur Schwiegermuttitypen, die sich am liebsten, wenn sie den Rasen betreten, die Schuhe ausziehen möchten und mit Sir Erich im Mittelkreis eine Tasse Tee trinken, bevor sie sich an den Händchen fassen und gemeinsam ›Muß i denn, muß i denn, aus dem Städtele hinaus, und du, und du, mein Pokal, bleibst hier‹ anstimmen. Fehlt nur noch Heulsuse Möller: die gäbe einen perfekten Countertenor ab, wenn wir schon keine Konterspieler haben. Wer fehlt, sind einfach Quertreiber wie Basler, die ihre Gegenspieler nicht nur nach, sondern auch während des Spiels abzokken. Sicher hat Super-Mario nur noch Luft für einen Freistoßanlauf, aber wenn er dann den Ball anhaucht und die Kugel wie an Engelsschnüren geleitet ins Tor sinkt, reicht es doch, um spielentscheidend zu sein. Kann denn einer der deutschen Grobmotoriker die Kugel Ball so elegant berühren und zu Ellipsen verführen wie Basler? Man erinnere sich nur, wie der sich den Ball vor dem Freistoß oder Eckball zurechtlegt, ihn in seinen Händen wiegt, in aller beschwörenden Behutsamkeit auf die Kollision mit seinem schmiegsamen Fuß auf den Punkt plaziert, aufsteht, sich noch mal bückt, das Ventil überprüft, den Ball ein weiteres Mal auf dem Rasen dreht, und dann Anlauf nimmt, um ihn schließlich mit letzter Kraft in die unerwartete Ecke zu knallen. Lieber einen Laktattestloser wie ihn als

all die anderen Lackaffenwinner, die regelmäßig Flankenbälle mit Börsenkurven verwechseln. Nur mit einem wie Basler oder Effe kämen sie über den Berg.
Man muß nur an das Spiel gegen England denken. Selbst wenn die Deutschen etwas unglücklich verloren haben, wie leidenschaftslos war das, was für eine Adrenalinapathie! Wie haben wir alle auf diesen Moment hingefiebert, der alles wieder hätte gutmachen können, was für Szenarien haben wir uns nicht ausgedacht, und wie belanglos war es dann am Ende. Dabei hätte es doch ganz anders kommen können, denn ich hatte einen Traum: Ziege will Beckham beim Eckball an die spicy Unterwäsche, während Oliver Kahn dem heranfliegenden Shearer ein Ohr abbeißt, was den englischen Kriegsveteranenverein hinter seinem Tor zu einer Golfballschleudermaschine mutieren läßt, worauf sämtliche Spieler im Strafraum ausrutschen und sich auf der Suche nach dem Ohrläppchen ineinander verkeilen. Tumulte, Rote Karte für Kahn, Rudi Völler spuckt von der Tribüne auf den Linienrichter, Chaos. Nachdem die beiden anderen Torwarte sich beim Warmlaufen bereits verletzten, entscheidet sich Lothar, ins Tor zu gehen: schließlich kann man als Torwart noch ein paar Jahre länger spielen. Elfmeter, dessen Ausführung allerdings auf sich warten läßt, weil alle englischen Spieler plötzlich Weinkrämpfe bekommen. Schließlich das Duell: Seaman gegen Matthäus. ›Ja gut, Lothar kann ja‹, wie Bek-

kenbauer meint, ›rechts wie links fausten und verfügt über genügend Erfahrung im Umfallen.‹ Dann die Sensation: Seaman nimmt den Ball in die Hand und läuft mit ihm bis ins Tor. Da hatte er wohl etwas mißverstanden bezüglich der neuen Sechssekundenregel für Torwarte. Das Spiel läuft jetzt auf Hochtouren, und alle jagen sie dahin auf der Suche nach dem verlorenen Tor. Nur Seaman ist noch immer völlig neben der Rolle und verwechselt bei einem Freistoß Janckers Kahlkopf mit dem Ball, worauf der deutsche Fußballgott vom Platz getragen wird, worauf Ribbeck in seiner Ratlosigkeit zu seiner Wunderwaffe greift und Hrubesch einwechselt. Die Devise ist eindeutig: er solle einfach nur in der Mitte stehen bleiben, irgendwer würde ihn dann schon anschießen. Und so passiert es dann auch, eine geriatrische Komödie: 93. Minute, Abschlag Matthäus, Hinterkopf Hrubesch, Tor, Sieg Deutschland. Als die Reporter auf den Matchwinner zustürmen und nach einer Erklärung suchen, meint dieser nur: ›Ja, gut, ich dachte mir, man muß das Spiel Paroli laufen.‹

Dann das böse Erwachen: leider kam alles ja ganz anders. Nein, nicht anders, sondern noch schlimmer. Die deutsche Z-wie-Zero-Elf gegen die positive B-Probe der Portugiesen: ein Alptraum. Da folgten die Karpatenvampire brav den blutrünstigen Dracula-Gelüsten der BILD-Zeitung und bohrten ihre Stollen in die blassen Engländer – und was macht unser Team? Es stellt auf dem Rasen einen kollektiven Antrag auf Fußball-Asyl in Liechtenstein und schämt sich aus dem Turnier, während Hrubesch auf seinem Bänkchen noch immer fleißig Strichmännchen malt und überlegt, wie viele Ausländer man einwechseln darf. Danach nur ein einziger tröstender Gedanke, jetzt könnte Lothars Hauspostille für die Spielerinterviews endlich wieder auf dicken schwarzen Balken ihre schönste Überschrift aus der Mottenkiste holen: BILD sprach mit dem Toten.

Ja, es sieht wirklich ziemlich düster aus, uns droht eine dunkle Zeit des Darbens: Der deutsche Fußball liegt in Scherben, das Feuer ist raus. Klar, daß jetzt Christoph Daum kommen muß: dann läuft alles wie von selbst. Und Ribbeck? Der wird von der Queen für seine Verdienste um den englischen Fußball (denn die sind ja zumindest mit einem Sieg gegen Deutschland nach Hause gefahren) zum Ritter geschlagen und fortan auf der Tribüne sitzen und das tun, was er am besten kann: winken.

südkurve

gott mit dir du land der bayern
andre werden trauern wenn wir
feiern in der tiefe des raums
stehen sie im schatten der alpen
im abseits unsres traums und
träumen in den mühen der ebene
vom abstieg der giganten doch
nichts kann uns halten sieg um
sieg führen wir sie vor und sie
verlieren den glauben an das
tor zum erfolg wir spielen sie
ins aus und im trachtenanzug
der tribun auf der tribüne
spendet uns dafür applaus
und zieht von den lederhosen
seine leaderposen doch eins
ist sicher wir hätten lieber
kluivert statt stoiber wer den
kirch im dorf lässt ist die pest
und kein oktoberfest treibt
sie aus der stadt wir haben
es satt wir sind die roten wir
wollen nicht schwarz sehn
müssen die blauen passen
besser zu den rauten wir
sind der stachel in den
löwenpfoten wer uns zu

idioten macht den hauen
wir vom platz wir brauchen
keinen beifall von der
falschen seite auch wenn
sie uns überall hassen auch
wenn der herrgott denkt dass
er unsere füße lenkt die
wahrheit liegt auf dem rasen
und in dem rund das wir
wenn wir unsere stimmbänder
dehnen in die netze drehen
damit die null steht stehen
wir wie eine eins zu unsrer
elf unser rücken trägt die
nummer zwölf wir sind in
der sturmflut die welle und
machen euch auch selbst
noch mut wenn das leder
vor dem torwart ruht kein
strafstoß wirft uns um
wir wollen dorthin wo die
zitronen blühen und kommt
die alte dame juve in unsere
kurve wird ihr auch was blühen
auf madrid sind wir heiß es
wird sie kalt erwischen der
angstschweiß lässt sie jetzt
schon frieren so werden wir
sie vorführen drum drohen
wir dir real zieh dich warm an

bald siehst du rot du armer
stier nächstes mal stehen wir
ganz oben dem himmel nah
wie jedes jahr wies immer war
sind eure glieder auch bleiern
und die flügel schlapp was
bleibt euch andres übrig
findet euch damit ab es bleiben
immer die bayern die feiern

nachspielzeit oder:
shakespeares missvergnügen

das ist die karte die mein spiel
verdirbt hexenkessel als würde
das helfen garstge hexen warum
zeigt ihr mir das warum rauche
ich so schnell wieviele züge sind
es noch jetzt nicht aschen drei
minuten dieser aberglaube bin
ich schuld gram dehnt die zeit
fair is foul and foul is fair *hau
ihn weg* kippe eine noch aber
wenn sie deshalb verlieren eine
noch oder besser nicht *über links*
die schachtel aus der linken tasche
holen letztes mal hatte ich sie
in meiner linken manteltasche
schwarze sau die pfeifen
aus dem letzten loch ich schrei
mir die lunge aus dem leib *rot*
hat er das nicht gesehen ich
hätte nicht dieses verdammte
hemd angezogen sondern das
andere ungebügelte mit den streifen
alles wäre anders *spiel ab* nein
I doubt some foul play *bastard*
das muss er nachspielen lassen
was ist der körper wenn sein

haupt ihm fehlt *diese null* nicht
auf die uhr schauen warum
stellen sie die uhr nicht ab helft
mir glück und raschheit mir frieren
die füße ab warum bleibt er so
lange liegen ein rasen diene als
kissen oder was denkst du dir
steh auf den feind zu scheuen
da furcht die stärke hemmt das
gibt dem feind stärke in eurer
schwäche jetzt *mach ihn rein* ja
nein warum kann ich nicht mit
meinen fingern pfeifen oh welche
masse hässlich schnöder fehler
ich tue alles ich verspreche es alles
keine zigarette mehr gott wenn
wir gewinnen *fuck* schlusspfiff
zu spät vorbei ein vorhang vor
meinen augen die lider sind so
schwer warum sind sie nicht über
die flügel gekommen das habe ich
nicht verdient doch niemand heilt
durch jammern seinen harm you
never was singen sie da *stand alone*
sie singen ja noch ich singe sind das
tränen mancher schmerz ist heilsam
so ist dieser er stärkt die liebe was
solls ich bleibe sitzen was nicht
zu retten lass dem falschen glück
doch gib geduld für kränkung ihm

zurück *wir kommen wieder* die
zeit ist kurz genießt sie noch in
freuden

III

Ersatzbank

Personen:

– Uwe
– Bianca, *eine Angestellte*

Es ist ein später Nachmittag. Der Regen schlägt gegen die Scheiben, der Wind drückt sie fast ein. Man sieht nichts, nur das Grau, Schemen, Lichter, laufende Schatten im Scheinwerferlicht. Ein Sommergewitter, zu kalt, zu stürmisch. Draußen: Sirenen, Funkstimmen, seltsame plötzliche Stille. Innen: ein futuristisch gestalteter Raum im Ausschnitt. Eine Art Theke, großflächig umlaufen von mobilen Stellwänden, die entfernt an Werbebanden erinnern. Ein Banklogo. Auf der Theke eine Flasche Cognac, eine Flasche Rotwein, eine Flasche französisches Mineralwasser, Gläser, Papiere, eine Telefonanlage. An der Decke eine Uhr, deren Zeitanzeige sich mechanisch Sekunde für Sekunde fortblättert. Eine beruhigende Musik, manchmal durchsetzt von schnelleren Rhythmen, gehetztem Atem. Im Hintergrund mitunter dumpfe Stimmen, ein Pochen. Ein paar umgeworfene Stühle. Auf dem weichen Teppichboden ein Fleck, eine Spur auf den zweiten Blick. Die Rolläden fahren langsam herunter, das Licht dimmt sich, alles automatisch, einprogrammiert.
Bianca hinter der Theke. Sie wirkt etwas verstört, vielleicht schockiert durch Uwe, der dauernd mit der Hand in seine Jacke greift und aus der Flasche trinkt, obwohl hier Gläser stehen. Bianca ist sehr elegant gekleidet, sie hat Stil und ist sich dessen bewußt, sie verabscheut Formfehler. Sie ist jung, at-

traktiv, sicher auch klug. Kann sein, sie ist ängstlich, angewidert, müde. Wie lange steht sie hier schon? Uwe hat getrunken, er ist aufgedreht. Er redet sich in Rage, in Trance, in Träume, in eine Vergangenheit, in eine Zukunft, die ihm verstellt ist. Immer wieder läuft er ans Fenster, überprüft die Telefonanlage.
Er trägt eine ausgewaschene Jeans, die modisch wirkt, aber einfach abgenutzt ist. Über der Jeans ein rotes Fußballtrikot, darunter eine Kette. Über dem Trikot eine Trainingsjacke der Nationalmannschaft, Retrolook. Seine Turnschuhe wirken wie Fußballschuhe der 50er Jahre. Egal wie er steht, er macht kleine Dehnungsübungen, beschleunigt aus dem Stand, springt über einen Stuhl, hyperventiliert, transpiriert. Er holt Bianca hinter der Theke hervor. Sie muß mit ihm spielen, an ihn ran, ran an den Mann. Es wirkt nicht so, als tue sie das aus freiem Willen. Draußen nimmt der Regen zu, die Schlachtenbummler schreien sich durch die Straßen. Bald beginnt das Spiel.

UWE
Da, riechst du das? Riecht das nicht stark? Du mußt schon näher mit deinem süßen Näschen, näher kommen. Hier zu mir. Nicht so scheu. Oder soll ich dich holen? Unter meiner Achsel – da. Riechst du das? So, jetzt hab ich dich. Nicht schreien. Du sollst nicht schreien, hörst du, bloß nicht schreien.

Schwitzkasten. Wie damals als Kind: Schwitzkasten
– plötzlich kamen sie von hinten, immer von hinten,
immer gedoppelt, immer zu zweit. Anders hätten
die sich das bei mir nie getraut. Oder einer von
vorne, einer hinten – und dann Schwitzkasten. Ich
habe das hier im Griff, keine Angst. Du hast doch
gesehen, Süße: Ich habe alles im Griff. Das passiert
mir nicht mehr, daß sie mich so einfach in den
Schwitzkasten nehmen. Überhaupt wars, wenn einer, dann ich, der sie schön fest im Arm hatte. Luftabdrücken. Da ist schon genügend Luft drin, wenn
du deshalb so schaust. Das reicht zwei Tage, nur
eben heiß, sehr heiß, wie im Schwitzkasten. Genau
so, so wie ich dich da jetzt hier habe – also im übertragenen Sinn natürlich, verstehst du – genau so
hatte ich ihn im Schwitzkasten.

Du hast ihn bestimmt mal im Fernsehen gesehen –
entschuldige, ich rede und vergesse ganz, daß dir das
vielleicht weh tut. Bekommst du genügend Luft?
Ich muß dir das einfach so demonstrieren. Also ich
hatte ihn im Schwitzkasten – wie das Leben später
mich im Schwitzkasten hatte. So ist das. Wir alle leben auf der Erde, aber eben auf verschiedenen Spielfeldhälften. Also die Devise ist: Schwitzen bis zum
Umfallen.

Jetzt zappel doch nicht so. Das rührt mich richtig,
dich so zu halten. Das erinnert mich wirklich an
meine Kindheit. Da war alles noch gut. Kam das von

dir, dieses Geräusch? Da war doch was? Alle Kameras auf mich, davon habe ich geträumt als Kind, und dann das Traumtor, Fußballbettwäsche, Fußballzahnpasta, Ballack-Figur, der du Gel in die Haare schmieren kannst, war nicht – kein Geld. Haben uns die Jungs selber gemalt, auf kariertem Papier, oder als Aufkleber gesammelt und uns dafür gekloppt. Aber vor allem alles nachgespielt, bei jedem Wetter, raus in den Regen, in den Schlamm, Teppichstangen als Tor oder gegen die Garage die Dosen geknallt, bis der Nachbar uns verdroschen hat. Mit den Teppichstangen – die waren multifunktional, das war wie ein Trainingsgerät. Der Nachbar, der Vater, die Mutter, alle schlugen sie mich und du schlugst an ihnen den Ball vorbei ins Tor. Oder wichst ihnen aus – so, duck dich weg, jetzt springen, du mußt springen, meine Hand ist die Teppichstange, jetzt spring, hast du dir weh getan?

Wenn sie das sehen, denken sie, ich tu dir weh. Ich will dir nur zeigen, wie es war. Keine Hütchen, Bierflaschen haben wir aufgestellt, und drumherum gekurvt, und in die Scheiben getreten, wenn wir fielen. Ich komme ja aus einer Intellektuellen-Familie, weißt du. Aber dann ging das am Ende alles in Richtung Patchwork, alles geflickt und am Ende nicht mehr zusammen, sondern nur gerissen und ausgefranst. Und keine Kohle. Nur Koks. Abgestiegen mit der Mutter, die war aus 'ner einfachen Familie, St. Pauli war für sie das Haiti Deutschlands, Moral hatte die, wippende nackte Brüste und Macheten – Haiti, meine ich, da rollten die Köpfe wie Bälle. Ich mit dem Kopf gegen das Garagentor. Ist dir wieder heiß, im Schwitzkasten?

Ich habe die Bücher von meinem Vater alle gelesen. War ja nicht mehr da, aus politischen Gründen. Meine Mutter – das waren seine politischen Gründe. Unüberbrückbare Differenzen, unüberbrückbare finanzielle Abgründe. Ideologisch konnte er nicht mehr mit ihr schlafen. Die waren wie Schalke und Dortmund, verstehst du. Und der Sohn in der Mitte des Bettes, der da im Spalt lag, der träumte von Bayern München. Schwarzenbeck, Augenthaler – und das in unserem Viertel. Aber mein Vater akzeptierte Breitner, den Maoam-Maoisten. Hatte Haare wie er, Stutzen immer nach unten gerollt, hier, seht meine Waden.

Willst du meine sehen? Die sind nicht schlecht. War dagegen, mein Vater, daß ich Fußball spiele. Obwohl er selbst spielt. Das nannte er Dialektik. Das sei nur noch der blanke Kapitalismus. Menschenhandel. Die Mutter hatte dann nichts dagegen, daß ich mich vermarkte. Mein erster Transfer – vom ersten Handgeld haben wir uns eine Waschmaschine gekauft. Und dann die Socken reingeworfen, und die drehte sich und drehte sich, und dann schäumte es und wurde heiß. Ich habe es geliebt. Saß in Unterhosen davor und habe mich hypnotisieren lassen, oder in den Büchern gelesen. Ich dachte, ich werde so ein Sokrates, ich habs im Fuß und in der Birne. Ich geh auf dem Kopf und habe Hirn im kleinen Zeh. Und das sage ich dir: Da bin ich mit Camus ganz einer Meinung – kennst du Camus? – also ich spreche jetzt nicht übers Töten oder diese Sisyphusarbeit mit dem Glück, nein, ich spreche über Fußball.

Was ich über Moral und Verpflichtungen auf lange Sicht am sichersten weiß, verdanke ich dem Fußball. Der Ball rollt und rollt, aber er rollt nicht über die Linie – so war mein Leben. Immer bleibt er in einem Loch hängen, in einer Pfütze, an einem Bein, oder einer lenkt ihn ab oder drischt ihn von der Linie, köpft ihn übers Tor oder abseits. Ich war kein Stürmer, nur Abwehr. Manndecker. Das war mein Generationenkonflikt. – Er Spielbein, ich Standbein, und drauf auf die Socken. Er zu mir – da war ich noch nicht mal auf dem Gymnasium – kommt er mir mit diesem Franzosen – wie hieß der im Bau? – ja, Baudrillard: Nur allzu gern und aus durchsichtigen Gründen bürdet die Macht dem Fußball Verantwortung auf. Bringt ihn sogar dazu, die diabolische Rolle dessen zu akzeptieren, der die Massen verdummt.

Du dummer Junge, sagte er mir, du dummer Junge, du schaffst es nie. Nicht auf dem Platz, nicht in der Schule, nicht im Leben – du schlägst ganz nach deiner reaktionären Mutter. Er Doppelmoral, ich Doppelpaß, dachte ich mir. Und warum habe ich nicht studiert? Schicker Anzug, Fönwelle... dachte ich mir: Was mußt du studieren, du kannst doch noch Manager werden. Und das kann man heute ja mit einem Videospiel lernen. Banklehre wäre es auch gewesen, aber ich mag Banken nicht. Da denke ich immer an Sitzen.

Jetzt kommen sie. Nein, die ahnen noch nichts. Meine Schöne. Weißt du – Fußball ist ein Abbild der individualistischen Gesellschaft. Er verlangt Initiative, Konkurrenz und Kampf. Immer wieder Kampf. Fairplay kennen nur die Sieger, nach dem Spiel appellieren sie daran. Fairplay ist nur ein Schwitzkasten für Verlierer. Als Kinder haben wir es immer so gemacht: erst gelächelt, und dann in den Schwitzkasten. Aber da, mit ihm, meinem Gegenspieler. Ich will dir ja von meinem großen Spiel erzählen heute. Das sie spielen. Hörst du sie schon zum Stadion ziehen? Also mit meinem Gegenspieler war das, das mit dem Schwitzkasten... Da war das nur indirekt so, also symbolisch, ein symbolischer Schwitzkasten. Also, ich war direkt an ihm dran. Aber ich kann ihn ja nicht einfach so nehmen wie dich jetzt. Da hätten die mich vom Platz gestellt, für immer weggesperrt, also für mindestens ein Jahr. Gesperrt. Ich hasse Sperre. Immer trifft es mich unschuldig. Aber wenn ich ihn so genommen hätte... Okay ich sag mal, man kann das so sehen:

Der hat keine Luft mehr bekommen, so hatte ich ihn im Griff. Fest im Griff, in der Zange, verstehst du? Der konnte keinen Schritt machen, ohne daß ich ihm nicht im Nacken gewesen wäre.

Ist die Luft trocken hier! Ich brauch was zu trinken! Das wühlt mich auf. Bring mir mal was zu trinken, bitte. Ach so, ich muß dich erst loslassen. Weißt du, das nimmt mich mit, wenn ich sage im Nacken, mir im Nacken war das Schicksal. Typen wie mir oder wie Kostedde saß es immer im Nacken, das Schicksal. Sagt dir das was, Erwin Kostedde?

Kleines dickes braunes Fußballgott. Erst Pele, dann Hänfling Übersteigerheld. Selbst im Trenchcoat doppelte Übersteiger, der braune Bomber. Fast wie Müller. Drehung aus dem Nichts, und dann das finale Ding gedreht, statt in den Kasten in den Knast, Abseitsfalle. Spielend unschuldig, wie ich, total unschuldig. Der erste farbige Nationalspieler, Erotik pur, verstehst du. Schwarze Haut, weißes Trikot. Bimbo mit Adler. Uneheliches Kind von einem amerikanischen Soldaten. Amerikanisches Blut und kann trotzdem Fußball spielen. Bomber eben und am Ende selbst Kollateralschaden. Irrer Typ. Torschützenkönig. Und dann selbst abgeschossen nach der Karriere. Falsche Freunde. Alkohol, laß laufen. Wenn der Ball nicht läuft, laß das Bier für dich laufen. Hast du noch was? Nimm doch einen Schluck, falscher Freund. Alkohol. Dubiose Finanzanlage,

Anlegertricks, Vermögen verloren, eine Million. Hörst du? Eine Million Mark. Das müßte hier auch drin sein, oder eine Million Mark weg. Kostedde ausgespielt, getunnelt und drin im Tunnel, Tunnelblick, Ehe gescheitert. Klar, das muß dann kommen. Ruhm verblaßt, und kein zweites Leben nach dem Fußball. Spiel ohne Ball kannst du vergessen. Spielhalle überfallen, angeblich, und ab hinter Gitter. Nicht hinter die schwedischen Abwehrriegel, sondern hinter schwedische Gardinen. Und alle die Gardinen zugezogen, als er wieder rauskam. Unschuldig, freigesprochen im nachhinein, am grünen Tisch, Justizirrtum, sechs Monate gesperrt, und als er wiederkam, war alles gelaufen. Das Spiel war verloren, verstehst du. Arbeitslos, Sozialhilfeempfänger, da denkst du an Selbstmord. Eine Drehung, und der Ball ist im Aus. Du triffst einfach nichts mehr.

Nur dein Leben. Habe ihn im Supermarkt gesehen, an der Kasse. Suppendosen, fast nichts drin in seinem Korb. Durchs Netz gefallen, verstehst du. Steht da mit seinem Einkaufskorb, und so ein Glatzkopf sagt zu ihm: »Guck mal, was die Asylanten sich alles leisten können.« Zu Kostedde sagt der das. Ich habe ihn mir draußen vorgenommen und ihm mal gezeigt, wie der Kostedde so seine Tore schoß. Habe seinen Kopf mal kurz als Ball benutzt, war ja eh nichts als Luft drin. Schöne Drehung und Vollspann. Mensch Kostedde. Knie kaputt, krank geschrieben, Rente eingereicht.

Schau mich nicht so an, ja, ich seh alt aus. Ja, du alterst doppelt so schnell, wenn du Leistungssportler warst. Die Zeit, Spiel, Doppelpaß in deinem Gesicht. Jede Spielminute kostet dich einen Tag. Mit Mitte Zwanzig siehst du aus wie Vierzig. Rechne das mal hoch. Und er, Kostedde, reicht Rente ein, und was soll ich dir sagen? Ich denke, da steht mein Leben vor mir, und er, der Kostedde, wird sich sagen wie ich: »Alter, hättest du nie gegen den Ball getreten, wärst du lieber was Anständiges geworden!« 3000 Mark Haftentschädigung, mehr nicht. Ich wollte ihm ein Bier ausgeben, aber er war schon weg, und ich mußte mich ja auch vom Acker machen. Der Typ lag da und hat hier auf Verletzung markiert, sich am Boden gewunden, und immer wieder geschrien, die Memme. Aber da kam keiner. Alle zugesehen, aber keiner kam zu Hilfe. Wozu auch? Ich stand ja bei ihm, hätte ihm am liebsten noch eine verpaßt. Wollen Deutsche sein und sind nur am Jammern. Dünnschißdeutsche sind das. Arier, denen man mal mit Ariel die Fresse polieren sollte, bis sie wissen, was Reinheit ist. Ich bin liberal, wenn es sein muß. Ich bin nicht gewalttätig, aber manchmal muß man Zeichen setzen – als Manndecker.

Sie wollen mit Menschen wie uns machen, was sie wollen. Uns ihre Spielregeln aufzwingen: Spielt ihr mal nach unseren Regeln, und wir spielen das Freispiel der Kräfte. Freier Markt, Spielermarkt – ich mach mir beim Spielen meine eigenen Regeln. Ganz frei nach Wittgenstein – gibt es nicht auch den Fall, wo wir spielen und make up the rules as we go along, ja, auch indem wir sie abändern as we go along, und so ging ich along und habe die Regeln geändert. Bin ich denn ein Ball, den man mit Füßen tritt?

Und vorwärts stößt? Fußball ist wie Politik: Du mußt einfach beidfüßig sein im Kopf, verstehst du? Links wie rechts. Lothar, der konnte das gegen Jugoslawien. Spricht ja heute noch wie ein Jugo. Dessen Hirn ist doch total balkanisiert, lauter dezivilisierte Teilstaaten, die sich bekämpfen. Der ist multipel, aber ein feiner Kerl, ein echt feiner Kerl – und Weltfußballer, wie der Franz. Und verbal dem total überlegen, und kennt sich in Geographie aus. Nicht so wie Andy »Heulsuse« Möller: Mailand oder Madrid – Hauptsache Italien. Nein, Lothar wußte immer, wo die Zitronen blühen. Du, ich hätte noch fast mit dem Lothar gespielt. Hinter ihm natürlich. Der Lothar hat den Raum mit Pässen ausgestattet – da konntest du die Laufwege wie Teppichbahnen ausrollen. Findest du den Teppich hier schön? Soll ich dich da mal einrollen? Komm, laß uns das versuchen. Das haben wir als Kinder immer so gemacht: Zigarre spielen. Und so wußten wir schon in den Windeln, wie wir später unsere Joints bauen müssen. Cohiba spielen, stell dich nicht so an. Funktioniert die Kamera? Die denken, ich hätte dich umgelegt, und jetzt roll ich dich in den Teppich ein. Könnte dich doch einfach so liegenlassen. Wen störts? Bin ich zu schwer, wenn ich so auf dir sitze? Nur kurz... habe etwas Atemnot bekommen.

Da. Irgendwoher Gase. Oder bilde ich mir das ein? Lachgas, ich lache Tränen. Tränengas, wenn die irren Fans die Raketen abgeschossen haben, in allen Farben. Das ist ein nettes Rollenspiel hier, nicht? Aber ich ruiniere dein Kostüm, fürchte ich. Sie klopfen gar nicht mehr. Wird zu heiß sein. Ach ja, der Lothar. Diese Dynamik, und dann gehen ihm plötzlich die Schuhe kaputt. Der Franz hat ja immer mit Krawatte gespielt, immer elegant. Oder mit dickem Hals. Der Lothar dagegen – immer breite Brust, Überblick, der hätte den ganzen Raum hier im Blick. Wüßte sofort, was im nächsten Moment passiert. Da die Tür. Was ist da am Fenster?

Sie kommen über links. Dort, der, will sich davonstehlen, verstohlen. Über außen will der rein und mir dann eine verpassen. Nein, nein nicht mit mir! Verstehst du was von Fußball? Kannst wieder rauskommen. Rolle rückwärts. Raucht dein Kopf, Kleine? So, jetzt sind wir schon etwas wärmer, findest du nicht? Ich laufe zur alten Form auf. Riechst du es jetzt unter meinen Achseln? Ich meine am Trikot? Jetzt habe ich dich wieder. Ich hatte dir das doch vorhin erklärt, mit dem Schwitzkasten, und prompt fällst du wieder rein, und ich hab dich. Warte – ich laß etwas locker, und sag, sag es mir, nach was riecht das? Schau nicht so. Natürlich habe ich es nicht gewaschen. Wie könnte ich es waschen? Riechst du es? Das ist Angstschweiß, der nackte Angstschweiß. Das kannst du riechen. Riechst du, wie streng das riecht? Angstschweiß? Todesangstschweiß?

Das ist immer noch drin da im Trikot. Verlustängste, ich kenn das. Ich kenne mich aus mit Ängsten. Da bin ich ein Profi, absolut. Nein, das wird nicht gewaschen. Nie kommt ein Waschmittel dran. Nichts wird hier reingewaschen, ausgewaschen, durch die Schleuder gedreht, nichts gebügelt, glattgebügelt, aufgehängt – ja, fast aufgehängt, aber nicht im Trikot. Nicht mal das wird ausgelüftet, ich hänge es nicht mal raus über Nacht. Das ist kein Spaßartikel wie ne Schreckschußpistole. Der hatte Angst, der hat geschwitzt, obwohl es geregnet hat in Strömen. Wie heute geregnet. Der Regen war ja gut für uns, verstehst du? Ich spreche von uns, von einem wir, nicht Einzelkämpfer oder so. Nicht alleine jeden Abend zu Hause vor der Glotze, oder an der Theke. Immer schön in der Ecke abgesondert. Nicht alleine von Wand zu Wand, und um zehn Licht aus. Nein, genau das Gegenteil, wir waren eine Gemeinschaft, Spielergemeinschaft: Wir verlieren, wir gewinnen zusammen. Na ja, verloren habe ich alleine. Egal. Wir waren ein Team, eine Mannschaft, eine Mannschaft festgefügt aus einem Guß, wir kannten uns auch alle privat.

Ein Bier nach dem Training, das war schon okay. Auch mit dem Schiri. Konnte man doch mal ein Bier ausgeben. Gewettet habe ich auch. Meine Nase, verstehst du. Instinktfußballer wetten. Wetten, daß die Wette gilt. Wettkönig ohne Land, alle Wetten abgebrannt. Hätte mich mal an die Jugos in Asien ranhalten sollen, ich Idiot. Am Ende ein Bier, ein Reihenhaus auf Sieg, so ein Unsinn. Mit Schulden wetten. Ich habe mich ja auch mein ganzes Leben lang für Pferderennen interessiert. Ja, eigentlich sogar schon länger. Schau dir Mario an. Die Spieler im Casino, alles verbaselt. Ich bin doch ein Sieger, ein Siegertyp, das siehst du doch, daß ich ein Siegertyp bin? Am Wettschalter, da hatten die Angst vor mir. Wie mit jedem Angriff riskierst du den Untergang. Erkenne den Gegner und, klar, erkenne dich selbst. Früher auf dem Platz, genau das wollte ich dir erzählen, wie ichs machte mit meinem Gegenspieler. Bei dem Pokalspiel. Also, paß auf, das sag ich jetzt nur dir.

Immer schön von hinten reingegrätscht und in die Beine gerutscht und dann die totale Unschuldsmiene. Nein, Herr Kommissar, ganz auf die Tour: Ich, der arme Amateur. Schiri, aber nein, nie war das Absicht. Ich würde doch nie einem Weltstar, er ist doch ein Weltstar, der faßt Sie doch an, wie nur ein Weltstar einen Schiri anfassen darf. Feuchte Hose war also, Herr Schiedsrichter, vor so einem Weltspieler, da habe ich viel zu sehr Respekt und Achtung. Daß ich ihn so traf, das ist höchstens schieres

Unvermögen, Herr Schiedsrichter. Warte, bis du in dein Auto steigst. – Seine Tasche, die war ja wie ein Toaster, nach jedem Tackling sprang eine gelbe Karte heraus. Du bist doch gekauft, Alter! Nein, aber nein, das habe ich ihm natürlich nicht gesagt, und habe weitergespielt und bin meinem Mann, bin ihm über den ganzen Platz nach. Du reagierst genau wie er jetzt. Warte, paß auf, genau so. Hab dich nicht so, das ist ein Männersport. Ich habe ihn auch in den Hintern gekniffen. Ja von ihm – war ja ein Weltstar – von ihm hättest du dir gerne in den Hintern kneifen lassen. Den würdest du gerne ranlassen. Schön die Millionen schieben. Ich dagegen wollte ihn nur etwas kneifen. Hab dich doch nicht so. Ich will dir das doch nur realistisch schildern.

So plastisch eben, oder wie heißt das? Haptisch – das kennst du gar nicht, das Wort, oder? Eben deshalb muß ich es dir zeigen, so stand er vor mir. Also der gegnerische Stürmer – da blinkt es bei dem Wort in deinen Augen. Klar, davon träumst du, daß die reinstürmen, klar. Und er, mein Stürmer, immer wie ein Boxer, links getäuscht, rechts getäuscht, bei der Ecke hatte der Hummeln im Hintern. Den ganzen Hauptbahnhof im Hintern hatte der, so ist der rumgesprungen. Links, rechts, aber ich bin nicht vom Fleck, die absolute Ruhe. Um ganz ehrlich zu sein – das hätte ich konditionell gar nicht anders geschafft. Absolute Ruhe und dann immer mal in den Hintern gekniffen, oder beim Kopfball den Ellbogen ausgefahren ohne Absicht. Ich zeige es dir mal. In Zeitlupe. So, genau so wie vorhin war das. Als ich – nur schneller, sehr viel schneller, durfte ja keiner sehen – also, Ellbogen ausgefahren und am Unterarm gekratzt. Schön das Blüschen hoch. So.

Du bekommst ja Gänsehaut. Macht dich das an? Haltung. Du brauchst Haltung. Ich dreh dich. Nicht so krumm. Stell dich mal gerade hin. So stand ich hinter ihm, und immer schön nah dran und ins Ohr geflüstert: Bist du schwul? Warum atmest du so heftig? Macht dich das heiß, wenn ich mich gegen dein Becken drücke? Ist das gut so? Und dann zwischen die Eier gefaßt – ein kurzer Griff, und er geht zu Boden. Hat aber Pech. Auch keiner gesehen. Kein Fernsehbeweis oder so. Videokameraüberwachung, hallo? Gab es damals noch nicht. Da konntest du alles machen. Wenn du dich nicht zu sehr angestellt hast. Das waren Zeiten, sag ich dir.

Warum rufen die nicht an? Das sind jetzt, wenn ich zurückrechne – sag mal, war das abgezählt? Ich laß mich doch nicht verarschen. Rechnen war nie... also sprachlich immer wie Lothar, eine Eins. Aber rechnen, nur mit mir, ja mit mir konnte man immer rechnen. Auf mich, klar. Aber so Mathematik – man limitiert sich eben nur, wenn man sich Ziele setzt. Das hatte ich immer auf der Rechung. Meine Stärke ist meine Stärke. Aber Mathematik ist sie nicht, echt nicht. Genausowenig wie Taktik.

Ist ja heute die reinste Mathematik. Exponentialfunktion. Laß dir das mal demonstrieren an der Tafel. Hast du eine Tafel? Das ist mein Bein, das der Ball, und das ist der Gegner. Und, also wir wollten früher, damals war unsere Taktik vorne kurz, hinten lang, Vokuhila und fünf Goldkettchen, bis zum Bauchnabel offen. Meine Frau war gerade ... Mensch, war das eine Zeit. Laß mich mal nachrechnen. Ich glaube es nicht wirklich. Nein, so lange her ist das. Mir ist, als wäre es gestern gewesen. Mein Gott, ich faß es nicht. Und wenn das nicht mit der Verletzung passiert wäre – nur die Verletzung ist daran schuld. Haben mich alle allein gelassen damit. Nach der Röntgenaufnahme war ich für die klinisch tot. Ich meine, die dachten, ich komme nicht mehr auf den Platz zurück. Kommt in die Mannschaft, der schafft es auch im Leben nicht mehr, mit den anderen mitzukommen. Der zieht immer zurück, wenn du draufhalten mußt. Der ist immer einen Schritt zu langsam. Streifschußwunde wie Lienen. Oberschenkel sah aus wie der Grand Canyon. Wenn die Wunde nicht mehr schmerzt, dann schmerzt die Narbe, verstehst du? Mach dir keine Sorgen. Ich habe ihn doch nicht so stark getroffen, das verheilt schon. Das wächst zu, eine kleine Narbe. Die Hitze ist vielleicht suboptimal in dem Raum. Dort aber – ich sag dir, das ist nichts, gar nichts gegen meine Verletzung.

Völlig alleine gelassen haben die mich damit. Keine psychologische Betreuung. Wenn du verletzt bist, mußt du bei Bayern sein. Das ist die einzige Chance, in Würde verletzt zu sein. Die kümmern sich, halten deine Hand, geben dir einen neuen Vertrag. Holen dich raus aus dem Loch. Ich war auch Alkoholiker. Nur hat das keinen interessiert, nur den Getränkemarkt. Da war ich stark im Transfer. Da war ich Real Madrid: die teuerste Flaschensammlung im Viertel. Hätte alles anders kommen können. Aber als ich verletzt war, hat eben niemand mir geholfen, mich ermuntert, an mich geglaubt. Geld war auch keins mehr da. Davon konnte ich mir einen guten Arzt leisten. Aber die besten Ärzte gibts in Deutschland. Und ganz im Vertrauen: es gibt nur einen. Nur – eher kommst du durch ein Nadelöhr als in seinen Terminkalender.

Zittere ich? Die Verletzung, ehrlich, das war ein Trauma, ein echtes Trauma. Und dann Paranoia, totaler Wiederholungszwang, immer wieder drauf, rein und drauf und raus, und da mußt du auch rennen und kannst nicht weghumpeln. Da wurde einer zu alt. Ich bin noch am Leben. Also wenn das nicht mit dieser Verletzung gekommen wäre, dann stünde jetzt sicher ein anderer hier bei dir. Und dem könntest du unter die Achseln kriechen. Warum arbeitest du denn hier?

Bist du illegal? Du hast so gar nichts Deutsches. Arbeitest du schwarz? Du siehst so osteuropäisch aus, finde ich. Was machst du denn heute hier? Bist du Hosteß? Osteuropa kommt hin. Oder orangene Revolution, Ukraine. Sah das letzte Mal alles anders aus hier drinnen. Irgendwie gemütlicher, netter. Und jetzt alles erhabene Kühle, die pure Retorte. Rhetorik und Retorte. Wie im Fußball. Wo sind die Spielerpersönlichkeiten? Viele Politiker unter der Woche hier, nicht? Die suchen ja die Nähe zum Sport. Lassen sich mit ihren Kugelbäuchen schieben. Ja, immer eine ruhige Kugel. Lassen sich mit ihren schwitzenden Kugelbäuchen fotografieren. Und die Kugel, das Leder, retuschierst du dann an ihren Fuß. Auf einmal reden sie alle von Fußball, und wenn sie von Fußball reden, dann haben sie für mich immer kurze Hosen an. Und wenn ich sie so in kurzen Hosen vor dem Bundestag sehe. So mit schlotternden Knien, der Bauch quillt über den Gummizug, die Stutzen sind nach unten gerutscht, und sie haben keinen Stich gemacht, von wegen Teamspieler. Individuelles Können, Kreativität anpacken, du bist Deutschland. Wenn ich sie so sehe und mir denke: du bist Deutschland, du bist Weltmeister, dann sind die mir plötzlich sympathisch und ich bekomme Mitleid. Ich leide mit.

Du bist Exportweltmeister, ein Export nach dem anderen. Du bist Europa, noch ein Pilsner, diese faulen Arbeitslosensäcke. Die Amateurmannschaften heißen ja jetzt nicht mehr Amateure, weißt du. Sondern die haben Zahlen dran. Also die sind dann soundso Römisch Zwei und, weißt du, was dann unsere Politiker sind? Die sind Hartz Vier, Römisch Vier, das ist die vierte Mannschaft, die vierte Wahl, die uns regiert. Und eine Frau als Kapitän, weil die alten Säcke ihr nicht hinterherkommen, oder sich nicht entscheiden können, auf welcher Position sie spielen wollen, wenn der Ball kommt. Kannst du nicht sagen: Äh..., eigentlich wollte ich hier nicht spielen, sondern da. Eigentlich spiele ich ganz woanders. Ja gut, ich dachte, ich komme als Spielmacher, aber jetzt mache ich das Spiel nicht mehr mit und spiel wieder zu Hause. Aber zu Hause wollen sie mich plötzlich nicht mehr in der Mannschaft. Nicht mehr aufstellen bei der nächsten Mannschaftswahl, der Mannschaftsrat meckert, verstehst du?

Das ist für mich »Du bist Deutschland« – das heißt doch, jeder läuft, wohin er will. Ja, wo laufen sie denn? Ja, wohin laufen sie denn genau? Das ist Demokratie, so viele Amateure waren nie. Ich bin kein Extremist oder so. Ich war rechter Verteidiger und nie linke Spitze. Obwohl du als Linker leichter legitimiert auftreten kannst. Das heißt dann Widerstand. Die Fratze des Systems offenbart sich, wenn du der Fratze gegen ihr Schienbein trittst. Ich bin nicht rechts, ich spiele auch mit Negern. Schau nicht so entsetzt. Das war nicht ernst gemeint. Keine

Angst. Im Gegenteil – meine Asylpolitik wäre ein Einbürgerungstest am Ball. Wenn du mich fragst: ich würde Deutschland um die Türkei erweitern. Dann hätte die EU wirklich ein Problem. Vor allem die Engländer. Das wär geil. Vorne im Sturm schön kreuzen und hinten die Sichel. Deutsche Tugenden, Panzer, Abwehrketten, blitzartige Angriffe – der Türke kann das noch. Und wir: California Dreaming, immer schön baden gehen auf der blonden Welle des Begeisterers surfen, und dann ab, den weißen Haien zum Fraß, aber immer mit Spaß. Immer ganz locker, hare hare, du entspann dich doch, Abzocker und Warmduscher-Rocker.

Ich wollte auch international spielen. Aber erstmal wollte ich nach Berlin. Und da bin ich dann ja am Ende auch gelandet bzw. gestrandet. Löst sich eben alles ein. Berlin, wir fahren nach Berlin. Das ist meine Geschichte, verstehst du? Die Geschichte meines Lebens. Die Tragik. Berlin, da wollte ich hin, da ist Endstation. Finale, verstehst du? Berlin, letzte Minute Nachspielzeit, wir führen. Berlin, Berlin, wir fahren nach Berlin. Eins null für uns. Wir, die Amateure, gegen die großen Profis. Bis ins Halbfinale hatten wir es geschafft. Alles weggehauen. Glück, ja. Aber alles weggehauen. Losglück, aber das brauchst du. Was zählt: Wir waren dran, ganz nah dran. Wir hatten es geschafft: Halbfinale. Bis ins Halbfinale geschafft. Und dann Berlin. Finale. Berlin, Berlin. Finale, oh, oh, oh Finale. Und die machen keinen Stich. Weil ich ihn decke. Ich habe dir das ja gezeigt, wie.

Du bist mein lebendes Schutzschild. Ich sagte dir doch: Ich bin Manndecker. Und die machen keinen Stich gegen uns, weil er keinen Stich macht gegen mich, macht er. Dieser Wunderstürmer, die Torfabrik. Ausgeschlossen, entlassen, globalisiert, das heißt vom Markt wegrasiert. Ich war das. Ich habe ihn abgeschaltet, eiskalt. Der Rasen hat gebrannt. Natürlich hat es geregnet. Aber der Rasen hat echt gebrannt. Und in deren Fanblock nur eingefrorene Gesichter, völlig apathisch. Und wir, die Amateure, fast im Finale. Berlin, Berlin – wir fahren nach Berlin. Benzin, Benzin, zum Brennen brauchts Benzin. Und er springt da rum vor mir, die Sau. Beinschuß, will mir durch die Beine spielen. So, hier, durch die Beine. Jetzt sei nicht so steif hier. Nimm das. Wir sagen, das ist der Ball. Stell dir das vor. Das ist der Ball.

Steh nicht so angewurzelt rum. Kannst auch deine Schuhe ausziehen. Kommt jetzt bloß nicht rein, sonst knallts. Zieh dir die Schuhe aus, sollst dir ja nichts brechen. Sportinvalide ist kein Spaß. Da, komm, so schwer ist das nicht. (*Uwe biegt einen futuristischen, weißen Lampenschirm aus Draht zu einer Kugel um, baut mit Gegenständen ein notdürftiges Tor. Es wirkt dabei immer auch so, als wolle er sie mit diesen Gegenständen bedrohen oder könne sie damit verletzen.*) Das ist der Ball – also versuch das mal, mir durch die Beine zu spielen. Soll ich die Hosen ausziehen? Willst du mich in Shorts sehen? Fällt es dir dann leichter? Nicht? Auch gut. Du würdest auch nichts versäumen. Heute, meine ich. Denn damals, kannst du mir glauben, damals waren das alles Muskeln hier. Total durchdefiniert. Solche Waden! So hart wie Kruppstahl! Fühl mal! Da ist noch was übrig. Zweikampfstark, kopfballstark, spurtschnell, pressing war mein Ding.

Und er, unser Wunder. Weltfußballer. Also er, die Sau, will mir durch die Beine spielen. So. Und ich hatte ihm schon gedroht, daß ich ihm den Arsch aufreiße, wenn er es nochmal versucht. Und dann dieser Kanake, dieser Wohlstandspolacke, täuscht, schiebt ihn mir zwischen die Beine und links vorbei, die linke Sau. Verdient ein irres Geld und also links vorbei und ich sofort mit der Schulter – es war bestimmt nur die Schulter, sonst wäre ich vom Platz geflogen. Es liefen die letzten Minuten, die allerletzten Minuten. Verstehst du das? Berlin, Berlin und dann Freistoß. Also da lief schon die Verlängerung in der regulären Spielzeit. Null null, kein Tor. Und wem war das wohl zu verdanken? Kannst du dir denken. Mir ... nur mir.

Und dann die Verlängerung. Wir haben sie in die Verlängerung gezwungen. Uns hingen die Zungen so tief, daß wir uns die Kniekehlen hätten abschlecken können. Krämpfe, Wadenkrämpfe und kein

Wunderdoktor an der Linie, keine magischen Hände. Sondern nur so ein Knochenflicker, der dir Eiswürfel auf die Schenkel preßt, und nach Bier stinkt, daß du Angst haben mußt, er spritzt dich gleich gegen Kinderlähmung. Entschuldige! Hast du Kinder? Ich hätte gerne Kinder. Mit dem Kleinen zum Training, und dann sonntags, und alle: Dein Papi ist doch das nicht. Und ich kann entspannt abwimmeln: Es geht hier um meinen Sohn. Keine Sonderbehandlung. Der kämpft sich schon durch. Ich finde, er müßte Torwart werden. Da hast du die größte Chance, und das kannst du bis Vierzig spielen. Kannst sogar später anfangen. Wie hat Keegan gesagt? Torhüter werden heutzutage nicht geboren, bevor sie ihre späten Zwanziger, oder ihre Dreißiger erreicht haben. Als Torwart, da hast du alles in der Hand.

Aber zurück zum Spiel! Wir liegen da keuchend auf dem nassen aufgewühlten Rasen rum, und es geht weiter in die Verlängerung. Zweimal fünfzehn Minuten, verdammte zwei Viertelstunden, und dann machen wir das Tor. Ich aus dreißig Metern einfach drauf. Vollspann, Eisenfuß, der Ball wie ein Strich, der plötzlich im Flug das Flattern bekommt und am Ende gegen die Latte knallt, und von dort aus – so verrückt ist Fußball – an die Schulter des Keepers. Und was sag ich dir, der Ball prallt ab und wohin? Direkt auf die Rübe unseres Stürmers, der die Kugel nur noch blöd anschauen muß und schon ist sie drin, aber Essig. Kein Golden Goal, sondern weiterspielen. Und jetzt drehen die auf. Die zweite, dann die dritte, dann die vierte Luft. Wir nur hinten drin, alles weggeschlagen. Wie hier auf dem Platz. Stell dir vor, sie kämen jetzt jede Minute. Mit einem neuen Angriff. Kämen von allen Seiten. In immer wieder überraschenden Zügen, durchs Fenster, durch das Dach, aus dem Boden oder der Schreibtischschublade. Auf jeden Fall: Sie machen mächtig Druck und kommen auf mich zu, und dann eben der Beinschuß, und ich laß ihn fliegen. Meinen Wunderstürmer, die Schwalbe, das bißchen Körperkontakt, nicht mehr als mit dir jetzt. Aber er fliegt, und wie er fliegt!

So wie du das in Filmen siehst, wenn die Kugel einschlägt, und einer fängt schon an zu fliegen, ehe er es begreift, daß er getroffen ist. Steht am Fenster im obersten Stock eines Hochhauses. Am Gipfel des Erfolgs, so nahe dem Himmel... und dann kommt die Kugel, der Schuß, und alles zersplittert: Die Scheibe, das Herz, das Leben, und er fliegt, und es gibt Freistoß, und das ist ihre letzte Chance. Aber vorher der Schiri bei mir, und ich diskutiere mit ihm, um Zeit zu gewinnen. Klar, ich riskiere alles, weißt du. Mit einem Schiedsrichter, mit dem kannst du nicht einfach so reden, wie ich mit dir jetzt. Ich habe alles riskiert, hatte ja schon gelb wegen der Grätsche, du erinnerst dich, aber ich weiter die Fresse auf, volles Risiko, nur um Zeit zu gewinnen.

Weißt du, eigentlich opfere ich mich ja, ich opfere mich auf, lege mich auf den Stein für meine Mannschaft. Ich reiß die Fresse auf. Und unschuldig und ich sag ne, nein Schiri, ich verdien hier ehrlich mein Geld. Wenn dieser... ja schon gut, nein, ich sag nicht, daß er ein... Aber nein, Herr Schiedsrichter, beleidigen nein, nie, also das war nicht meine Absicht. Eine Gleichgewichtsstörung, der Boden, da rutscht man leicht aus. Er diskutiert nicht lang, die schwarze Sau. Weiß doch jeder, mit wem der in der Sauna sitzt. Alles gekauft. Pfeift hier mit Fönfrisur und sagt, er stelle mich vom Platz, wenn ich nicht still bin. Wäre das Getümmel hier auf dem Platz draußen auf der Straße, im Verkehr, ich würde ihn aus seinem Wagen ziehen und er würde keine Geldscheine, sondern Sterne sehen und hätte einen Traumstart und einen Auftakt nach Maß. Ich habe ein Problem mit Autoritäten, weißt du. Mit so Hierarchien, da flieg ich immer mal gerne vom Platz. Habe ja nichts Vernünftiges gelernt, nur ein bißchen Latein, und meinen Mädels Nachhilfestunden gegeben. Ich bin ein hautnaher Typ, weißt du.

Hier, du wirkst etwas benommen. Ist heiß hier drinnen. (*Ein Telefon läutet. Nacheinander läuten alle Telefone im Raum. Schließlich auch das Handy der Frau. Die Telefone werden in regelmäßigen Abständen von nun an immer wieder läuten.*) Nicht, nein, Finger weg. Du gehst nicht ans Telefon. Keiner geht hier ans Telefon. Laß es nur läuten. Ich will dir erst meine Geschichte fertig erzählen. Deshalb bin ich ja da, hautnah da. Du mußt dir meine Tattoos anschauen. Linker Unterarm, lies mal laut vor. Ich höre dich so schlecht. Was ist denn mit deiner Stimme los? Kommt nichts raus aus dem Hälschen? Okay, paß auf, ich lese es dir vor: ut amen et foveam – zu ehren und zu lieben. Und hier auf meinem rechten Unterarm, das ist meine Rückennummer. Ist nur etwas verfettet, kann man nicht mehr lesen. Sieht aus wie Eins, ist aber Zwei. Und hier oben, du mußt weiter oben schauen: perfectio in spiritu – schön, nicht? Was meinst du?

Nee, das hat nichts mit Grillen oder Spiritus zu tun. Geist heißt das, Perfektion im Geist. Nicht nur im Fuß, auch im Geist. Deshalb steht das auf meinem Arm. Damit ich immer was zu lesen habe, wenn ich mir an den Kopf lange. Und hier, auf meinem Trizeps, das ist der Muskel... da, soll ich ihn mal spielen lassen? Also hier, das ist ein Engel. Sollen ja geschlechtslos sein, die Jungs. Meiner ist es nicht, wie du siehst. Die Pussy. Ich sag zu ihm immer: Was ist los? Does your pussy hurt? Hat mich ja auch nicht geschützt, geschweige denn Glück gebracht in the face of adversity. Und da im Nacken, ist das nicht lustig? Im Nacken. Obwohl ich immer den anderen im Nacken war. Dort im Nacken. Hast du einen Taschenspiegel? Aber du siehst es ja selbst: im Nacken habe ich ein grünes Kreuz. Und auf dem Steißbein da – ja Jungs, macht die Augen auf, ich laß die Hose runter – auf dem Steißbein stand ihr Name. Aber da habe ich drauf geschissen. Das ist jetzt Stacheldraht: XXXXXX. Hätte mir am liebsten den ganzen Körper zugeixt, überall, wo sie mit ihrer Zunge war, hätte ich mir ein X brennen lassen. Aber was hätte das schon gebracht? Statt dessen habe ich auf meinem Rückgrat noch einen Engel. Man braucht mindestens zwei von der Sorte, wenn einer von beiden die Englein singen hört. Der hat kein Geschlecht, der hat Flügel und einen Heiligenschein. Ich hatte auch immer einen Heiligenschein. Auf dem Platz, so ein Brecheisen über meinem Kopf. Und dann am Oberarm: Da habe ich noch was auf Hebräisch. Da staunst du, nicht? Dachte ich mir. Das ist total Crossover, und wenn ich dann mit römischem Gruß die Fans begrüße, und wie ein gekreuzter Hund kläffe... nein, das war nicht ernst gemeint. Ich bin doch kein Faschistenschwein. Berlusconi stellt sich nachts bestimmt auch so vor seinen Spiegel, die Zangen zum Liften im Gesicht, und stramm sich selbst gegrüßt. Geh mal in Italien ins Stadion, die würden am liebsten die Löwen rauslassen, wenn die einen Schwarzen auflaufen sehen. Oder so einen brasilianischen Christen. Die können beides: beten und treten.

Eigentlich bin ich eher intellektuell. Denn die Tattoos, die kamen alle später. Wenn man so nichts zu tun hat. Du verstehst, zu viele Filme und Fußball sieht. Läuft ja den ganzen Tag auf allen Kanälen.

Wenn man halt zuviel Zeit hat und mit seinem Latein am Ende ist. Tanta est enim voluptatum vis, ut et ignorantiam protelet in occasionem et conscientiam corrumpat in dissimulationem – da staunst du, was? Fernwärme, Fernstudium, meine ich, Energie von außen, du weißt schon. Der Efeu bricht den Stein. Eingesperrt und immer nur die Mauern anstarren. Mauern, nichts als Mauern, ein Leben lang die Mauer – das ist meine Metapher. Zuerst mit der Mannschaft mauern und mit den anderen in der Mauer stehen. Und dann allein hinter der Mauer stehen und nur Mauern sehen. Da wirst du verrückt und hängst nur noch im Kraftraum rum und kommst nicht raus aus diesem Strafraum. Höchstens resozialisiert.

Ja, das ist es: Strafraum und Kraftraum – die Räume werden plötzlich eng, und – das mußt du nicht mehr selbst machen. Egal. Eines ist klar: auf jeden Fall immer Gewichte. Gewichte an den Beinen, Gewichte an den Armen, Gewichte stemmen. Überall Gewichte, vor allem Gewichte im Kopf. Und sie legen immer Gewichte nach. Verstehst du? Jeden Tag legen die Gewichte nach. Noch eins drauf und noch eins drauf, und eines geht noch. Du schwitzt und stemmst es kaum, diese schweren Gedankengewichte. Und du rennst die Treppen rauf und die Treppen runter und die Treppen drehen sich und du rennst um die Ecke nach unten, aber bist schon wieder auf dem Weg nach oben und eigentlich, in

Wahrheit, stehst du wie versteinert und denkst an deine Gewichte, die wie Steine sind, und keiner stellt sich dich als einen glücklichen Menschen vor. Du kannst es nicht länger ertragen. Alles wird dir zu schwer. Was machst du?

Als erstes alle Haare ab. Ja, du rasierst dir alles Haar ab, zu viel Gewicht, wird ja immer schwerer da oben, also weg damit. Jedes Haar ist schon zuviel und viel zu schwer für dich. Du spürst sie, diese Gewichte, und wie du immer tiefer in den Boden sinkst und keiner merkt, wie du immer kleiner wirst, und deine Nase schon fast nicht mehr weiter vom Boden entfernt ist als die Schuhspitzen, die den Kaugummi an deiner Stirn abstreifen, wegdrücken. Die mentale Last vor jedem Spiel – das hältst du nicht mehr aus, diese Bürde, das Joch. Für mich war jeder Tag Halbfinale, und ich mußte spielen. Trauma und Wiederholungszwang. So stark ist nämlich die Macht der Genußsucht, daß sie einerseits das Nichtwissen bis zur nächsten Gelegenheit verlängert und andererseits das – jetzt kommt es – Unrechtsbewußtsein zur Selbsttäuschung verdreht. Tertullian: De spectaculis, Über die Spiele. Ach, immer nur gehofft, es gehe los. Die entdecken mich.

Here he comes. Fußball, Karriere, geile Frau, Autos und Aussehen wie Netzer. Gleicher Haarschnitt, solche Schenkel und immer schön locker. Ganz easy aus der Hüfte. Sah mich schon in den Hitparaden: Einer für alle, alle für einen. Wir halten fest zusammen. Wir kämpfen und geben alles, bis dann ein Tor nach dem andern fällt. Fußball regiert die Welt. Wir halten fest zusammen. Ach, das gibt es nur in den Hitparaden. Komm, wir reichen uns die Hand – far away we're gonna make it burning deep inside, running with a dream, don't let them bring you down. Von keinem laß ich mich runterziehen. Einer für alle – nur in den Hitparaden, da wäre nur ich gewesen. Ich, mit meiner Bruchstimme. Wörnsfalsett mit Beckenbauer im Duett, gute Freunde. Dann hätte ich meinem Alten jeden Tag eine Palette Bier vor die Tür gestellt, und er wäre nicht weggerannt aus ideologischen Gründen. Sondern hätte seine Argumentation verflüssigt.

Die haben mich hart gemacht, die Vaterschläge. Jeden Abend. Soll ich dir zeigen, wie hart mich die gemacht haben, meine Süße? Komm, nimm dein Fäustchen, hau rein, da, auf meinen Bauch. Hau drauf, nochmal, heftiger. Nochmal richtig. Mit der Faust, schön ballen. Sie werden denken, du versuchst mich zu überwältigen. Komm. Nochmal. Immer schön mit der Faust auf meinen Bauch drauf, ja. Aber mein Vater schlug mir ins Gesicht. Denn ihm gings ja um meinen Kopf, meine Gedanken, meine Flausen. Da lernst du Härte, sag ich dir. Da lernt man einstecken, als Manndecker. Da, schlag mal auf mein Knie. Das ist ein Foucaultsches Pendel. Fußball ist ein Ritual. Warte mal, ob ich das noch zusammenbekomme... Fußball ist ein Ritual, bei dem die Erniedrigten und Beleidigten ihre kämpferische Energie und ihren Sinn für Revolte verausgaben, um Zaubereien und Hexenkünste – Stichwort Ronaldinho! Überbrasilienlässigkeit, Hasenzähnchen und Bongospieler, ein Hexer also – zu betreiben, und durch Beschwörung der Götter aller möglichen Welten, den Tod des gegnerischen Mittelverteidigers, also quasi meinen, zu erreichen. Uneingedenk der Herrschaft des Kapitals, das sie verzückt und schwärmerisch haben will, auf ewig dem Irrealen verfallen.

Gut, nicht als hätte ich mit ihm gespielt, mit Eco. Der kann ja nur hinten stehen mit den Massen. Aber offensiv im Geist. Mit dem Körper Abwehrkraft, mit dem Geist Wunderstürmer, das ist mein Leben. Tod, Kapital, Hexenkünste – denn die haben mich verzaubert, klar. Sonst hätte ich diesen Fehler nicht gemacht. Klar, ich hätte ihn nicht umgehauen. Ich hätte das elegant gelöst. Aber als Manndecker hast du keine Chance auf Eleganz. Da brauchst du einen Sinn fürs Reale. Manndecker, Einstecker, Dreckfresser und nie ein Stiefellecker, Speichellecker. Ich hab alles weggeputzt und ausgeputzt. Baustellen geputzt, jede Drecksarbeit gemacht. Ich war mir für nichts zu schade. Ich stand meinen Mann, war immer am Mann, immer hinter dem Mann, neben dem Mann, vor dem Mann, dann wieder ganz nah hinter dem Mann – und der Mann war am Verzweifeln.

Zur Begrüßung gleich mit dem Knie in seinen Oberschenkel, hallo, hier bin ich, keine falsche Bewegung. Laß schön die Hände unten und immer lächeln, abwinken. (*Er holt aus seiner Jackentasche die Maske, mit der er die Bank betreten hatte. Eine jener schwarzen Riemenmasken, die man als Spieler z. B. bei Jochbeinbrüchen trägt. Er setzt sie auf, schnallt sie fest.*)

Mit der Maske, da sah ich aus wie »Der Mann mit der Maske«. Und mein Wunderstürmer, der dachte, ich komm direkt von der Sadomaso-Party, und ich zu ihm ganz schlüpfrig, aber mit harter Stimme voll ins Ohr: Kleiner, ich schlag dich, und wenn du mich trittst, finde ich das schick... Mein Süßer. Du siehst, Kleine, ich habe schon immer Masken getragen. Wie vorhin, als ich reinkam. Was hast du denn da gedacht, als ich mit der Maske? Ist das ein Perverser, oder hat er sich die Nase gebrochen. Ich bin eben der Mann mit der Maske. Aber du bist schön, du darfst mein Gesicht sehen. Völlig unentstellt, bis auf die paar Narben. Infight, haben mir auch wirklich mitten im Eifer des Gefechts die Nase, das Jochbein gebrochen. Wie oft eigentlich noch? Aber auf dem Platz macht das Eindruck. Ich habe meine Maske, dieses irre Gestell auch getragen, wenn ich nach dem Spiel in die Kneipe bin. Sonst hätte mich keiner erkannt.

Ich war der Mann mit der Maske und dem Eisenfuß. Und der schönen Stimme. Meine Mutter sagte immer: Was er für eine schöne Stimme hat, der Junge. Singst du der Liebe, Leben des Mannes, Qualenlied? Dem doch ein Fußballgott gegeben, daß er die Glücke flieht. Der immer neu vorbei zu sich selber rettet den Fluch und Felsenschrei. Trost in der Dichtung, verstehst du? Die schweren Jungs lesen die geilen Bücher, und mir blieben die Verse, immer schön auf den Fersen bleiben. Immer schön auf die Ferse treten. Egal. Ich kam da rein und dachte mir, so muß es sein. Und ich habe im Kopf den Live-Kommentar. Verstehst du? Das war meine Droge, meine Erfolgsdroge war wie Hypnose. Das gab mir Kraft, da verlor ich die Angst und gewann das entscheidende Spiel. Die Bank. Das mußte ich mir immer vorher reinziehen, das lief mit in meinem Kopf. Also ich da rein und denke mir: Schau dir das an. Und da ging es los, es hält da niemanden mehr auf der Bank.

Alle sind aufgesprungen. Der Chef steht da, ganz erstarrt. Er hat auf die Uhr geschaut, gezeigt, es muß gleich Schluß sein. Wir schließen jetzt. Draußen feiern sie schon ein bißchen. Es muß gleich Schluß sein. Es müßte längst abgeschlossen sein. Alle schauen zu, was ich mache. Sind total nervös. Nur keinen Fehler begehen. Und dann der Ton – wie schrill. Dieser schrille Ton, er pfeift ab. Das kann nicht wahr sein. Er hat noch einen Freistoß gesehen. Proteste! Mir gings genauso. Schnauze! Das kann überhaupt nicht wahr sein. Es ist vor der Zeit, und es ist schon einiges nachzuspielen. Schließfächer auf engstem Raum. Das ganze Geld, ein Schuß noch. Jeder dachte, das sei es gewesen. Aber das wars noch nicht. Einwurf. Die sollen ihre Einwürfe lassen. Was kostet das jetzt Nerven. Kanns kaum aushalten. Der Typ greift sich an den Kopf. Ausgewechselt. Springt hoch, der Chef mit stoischer Ruhe, aber innen kocht es. Wie in mir. Innen kocht es. Das Weiche in mir, innen kocht es, die Seele, das Herz, zum Überlaufen. Innen kocht es. Was singen die da?

Draußen der Jubel, zu früh. Wir sind noch nicht fertig. Sie singen meinen Namen. Innen kocht es, innen brodelt es. Er steht vor einem großen Triumph. Als Spieler hat es nicht gereicht. Lange Schritte, dann nochmal gefoult. Was hat der sich gedacht? Wollte er den Helden spielen? Kann sein. Die Luft wird dünn, in solchen Situationen geht einem eben leicht die Luft aus. Alle sind sie so auf engstem Raum gedrängt, alle in meinem Strafraum. Zugemacht, die Räume zugemacht, den Schlüssel zum Erfolg umgedreht, das Spiel, den Schlüssel verschieben, verschieben, immer auf morgen verschieben, das Glück, die Liebe, ja singt nur da draußen. Singt nur gute Freunde, Buenas Dias, da fahr ich hin, danach, Buenas Dias, don't cry, don't cry.

Jetzt weine doch nicht, meine Süße. Ich nehme dich mit. Wir haben ja jetzt genügend Geld. Ich nehme dich mit. Ganz bestimmt nehm ich dich mit, ich zieh dich über den ganzen Platz. Noch mal gefoult, aber Vorteil und dann Jubel.

21.50 Uhr verlasse ich den Raum hier. Aber mein Spiel ist noch nicht vorbei. Aber ich kann es schaffen. Wer hätte das für möglich gehalten? Jetzt muß ich noch einmal alle Kräfte zusammennehmen und schön den Ball halten. Mein Herz schlug so zerschlagen, daß es am Ende war. Wenn die Radios immer sagen: Aber es droht Gefahr auf dem rechten Flügel ... Da, was war da? Hast du das nicht gehört? Brach da nicht eine Scheibe? Ich spüre es, sie kommen. Sie werden immer lautloser. Sie kommen über rechts. Auf den Boden runter. Schnell. Über die Außenlinie ins Aus geschlagen. Wenn die Radios immer sagen: Wer will ihm das verdenken? Über die Außenlinie ins Aus geschlagen – wer will ihm das verdenken? Du kannst auch auf dem Platz verrekken. Nicht nur Bälle verrecken.

Zusammenstoß mit den Köpfen und dann Herzstillstand, Herzkreislaufversagen, Herzinfarkt, Gehirnschlag, Atemstillstand. Du spielst mit Herz und deinem Herzen, verstehst du? Ich kam hier rein und habe euch gleich mal mental, also in meinem Kopf, da drinnen, hier droben in meinem Kopf habe ich euch Namen zugewiesen. Nur dir nicht, meine

Süße. Also ich sage mir du, du erinnerst dich doch, dort stand er – und ich ... also sagte ich mir im Kopf: Du dort bist Hoddle. Glen Hoddle und du dort bist Peter, Peter Reid. Und du bist Kevin Sansom. Und dort du, du bist Terry Butcher. So hätte ich auch gern geheißen: Butcher. Den Mann mit der Maske. Sie nannten ihn den Metzger, oder Butcher – Terrier wäre auch gegangen, aber so hieß ja schon Vogts. Also Butcher umkurve ich ganz locker und gleich noch in einem Zug ganz locker den anderen, Terry. Terry Fenwick. Und zum Schluß Peter Shilton. Alle laß ich sie aussteigen und halte die Hand Gottes auf: Zahltag. Ich müßte das nicht, ich könnte auch im Zoo arbeiten, rote Skorpione, grüne Krokodile, Hähne, die ganz wilden und gelbe Kanarienvögel, Löwen, rote Falken und rote Teufel, weiße Möwen, Drachen. Apachen, Tarzan aber dann, neben mir am beliebtesten, die Schwalbe und der sterbende Schwan. Alle haben sie wirklich herausragende Flugeigenschaften. Nur – das sage ich dir, wenn ich hier die Schwalben sehe, ist bei mir der Sommer zu Ende. Und ich erinnere mich. Denn so eine Schwalbe, die hat mich um alles gebracht, und die schwarze Sau, der Schiedsrichter.

Eine Schwalbe und eine schwarze Sau – die waren schuld an meinem Unglück. An allem Unglück. Mann, wir ... wir waren im Halbfinale. Berlin, fast in Berlin und der, der Schiri ..., was macht der? Er gibt einen Freistoß. Ich fasse es nicht! Klar, daß ich mich da beschwere. Aber der Schiri, die Sau, macht mir klar: Noch ein Wort, und ich geh vom Platz. Und ich kapier: Noch ein Wort, Uwe, und du fliegst vom Platz. Ich kann leider nur auf diese Art fliegen. Vom Platz fliegen. Nur so fliegen, und dann hätte ich nicht mal das Ende mitbekommen. Vom Platz stellen heißt ja auch: runter in die Katakomben. Weg vom Spielfeld. Innenraumverbot, hätte das geheißen. Wieder Abstieg. Und dann die Gesichter, wenn sie kommen. Runter zu dir. In die Kabine. Und du kraulst dir im Entmüdungsbecken die Eier – als Ballersatz quasi. Das ginge doch nicht, ich schinde also noch Zeit beim Diskutieren mit der schwarzen Sau. Der war gekauft. Heute weiß ich, das war kein Foul, und er hätte ganz objektiv betrachtet längst abpfeifen müssen, die Sau. Und dann kein Pfiff, sondern, im Gegenteil, noch dieser Freistoß. Und ich hoffe noch, daß mein Typ, also mein Gegenspieler – du weißt schon, der Weltfußballer, dieser Wunderstürmer, den ich decke, der meinen Atem spürt – also ich hoffe noch, hoffe von Herzen, daß er ihn schießt, den Freistoß. Ich bete. Bitte lieber Gott, laß meinen Stürmer den Freistoß schießen, denn dann wäre ich aus dem Schneider gewesen, und ich hätte mich an den Torwart von denen gehängt, den gegnerischen Torwart. Ja, so ist das, mein Schatz. Am Ende war der plötzlich auch da. Wird hier bestimmt auch gleich voll. Sie tummeln sich hier auch gleich alle, in meinem Strafraum.

Hier ist das Tor, und sie warfen alles nach vorne. Alle Mann nach vorne, dieser irre Torwart, der war plötzlich auch da, wie angestochen sprang er rum, der Torwart, sprang rum vor mir mit seiner martialischen Fresse. Sah ganz schön alt aus bei unserem Tor. War das ein Schuß! Hast du das nicht auch gehört? Der Ball, schön unter den Armen durchgeschlüpft. Das war ein Schüßchen! Der Ball: ronaldoesk. Der Ball war absolut haltbar und plötzlich irgendwo in Asien rollt der Rubel, oder was die da sonst so haben zum Zigarren anzünden. So schnell brennt das Geld. Was erzähl ich dir? Das war früher so ein beliebter Sport unter Profis: Hast du mal einen Schein? Gib her. Ich zeigs dir. Nicht einen von dir, nein, dort aus der Tüte, ich habe ja selber welche. Aber wir müssen aufpassen. Am Ende gehen die Rauchmelder an, das gäbe ne Dusche wie ne Champagnerdusche nach einem gewonnenen Spiel: Alles schäumt.

Ich träume so vor mich hin, Wunschträume. Er schießt den Freistoß, und er trifft nicht. Drüber, weit drüber in die Ränge, vorbei. Aber nein, mein Typ macht gar keine Anstalten sich den Ball zu holen, null, nein. Er hofft, daß er den Ball, nachdem der Freistoß ausgeführt ist, daß er den Ball dann noch kriegt, irgendwie, auf den Fuß. Kriegt, abstaubt, oder mit seiner Birne rankommt, oder am Ende noch einen Elfmeter rausschindet. Eine Schwalbe mit Klinsmannunschuldsvermutungslächeln und ich fliege – fliege – fliege – fliege dann vom Platz, und der Ball ist drinnen, klar. Voll in die Mitte geschossen und der Ball ist im Tor und es gibt noch ein Elfmeterschießen. Und ich im Keller, weil ich ja vom Platz gestellt wurde. Da mußt du verschwinden in den Keller, wie als Kind in den Keller, Riegel zu, in die Ecke pissen und auf dem kalten Beton sitzen und kein Licht in der hintersten Ecke. Schritte im Keller. Zur Strafe moderne Erziehungsmethoden. Ich hätte meinen Elfer auch in die Mitte geschossen, plaziert ins Eck. Daß ich nicht lache!

So ein schwuler Scheiß. Voll in die Mitte muß man schießen. Bauchschuß und Basta. Ich sag dir eines, Schätzchen, der ist aber fein zu Boden gegangen. Paß auf! Entspann dich, locker lassen. So, genau so, und jetzt laß dich fallen, laß dich zu Boden fallen. Und dann schön markieren, als ob dir alles weh tun würde, als ob du es nicht mehr aushalten könntest: So. Mit vom Schmerz verzerrtem Gesicht, Hände über den Augen, du mußt dich winden, winden, verstehst du, winden. So ... links, rechts – zick nicht so rum. Ich will dir das doch nur zeigen. Winden, richtig winden und brüllen, vor Schmerz brüllen, und dann kommt gleich der Mannschaftsarzt, was sage ich dir – gleich zwei, rennen aufs Feld. Sprays, Eisspray, Tränengas, diese Schlampe, und dann kommen sie schon mit der Bahre. Spritzen meinem wehleidigen Stürmerstar Farbe in die Socken. Und ich habe ihn doch nicht mal berührt.

Aber brutal sieht das aus mit dem Rot. Der roten Farbe. (*Er entdeckt einen Blutfleck an seiner Schulter, ein Loch in seiner Jacke. Uwe wird nun öfters unmerklich getroffen. Unter der Jacke trägt er, doch nicht direkt sichtbar, eine kugelsichere Weste.*) Ich habe ja auch Rot hier an der Schulter – was ist das denn jetzt? Nein! Nicht rot! Das paßt nicht zu gelb. Ich bekomme gelb für nichts, gelb. Da war der abgeschrieben bei mir, Ende mit Respekt. Ich habe zu ihm gesagt, daß er hier nicht heil rauskommen wird. Keiner kommt hier heil raus, wenn ich angefressen bin, hörst du? Du kommst hier nicht heil raus, sag ich ihm. Ich sag ihm, ich weiß, wo du wohnst, ich weiß, wo deine Kinder zur Schule gehen, ich weiß, was deine Schlampe von Frau für ein Auto fährt, oder besser, welches der sieben Stück sie gerade fährt. Ich weiß, wen sie fickt und von wem sie sich ficken läßt, während du um Hütchen kreist und zusiehst, wie sich die Neger unter der Dusche die schwarzen Schwänze einschäumen. Die läßt es sich ganz schön besorgen, deine Frau. Die spielt international. Die läßt nichts aus, und alles rein: mich auch. Ach – du denkst, ich bluffe?

Ich bluff nicht. Ich bereite mich vor, ja, vor jedem Spiel bereite ich mich vor – akribisch, pedantisch, analfixiert. Denn ich will ja immer schön dran sein an deinem Hintern, du Arsch. Wie? Was sagst du da? Sag ich ihm. Was sagst du da? Du bringst mich um? Daß ich nicht lache. Ich laß dich umbringen.

Das ist es. Das mußt, wenn schon, du sagen. Meine Freunde bringen dich um, und du endest in einem dicken Betonpfeiler. Abwehr bis zuletzt. Ich laß dich umbringen – das mußt du sagen, sonst lache ich dich nur aus. Du bist mir ausgeliefert, tritt nur, und deine schöne Karriere ist in die Tonne getreten. Warum soll es dir anders gehen? Schön hektormäßig auf die Achillessehne. Schön mit den Stollen durchtrennen, wie mit dem Schwert. Sauber durch die Sehne und, ach was, ein Wehgeschrei hebt an und ich gebe es ihm von allen Seiten und sag zu ihm frech: Ich habe Abitur, du Null. Die verarschen dich doch. Denkst du etwa, dir bleibt was von deinem Geld? Dein Berater fickt deine Frau, jetzt weißt du es, jeden zweiten Nachmittag. Ich habs ja gesehen. Weißt du, was das an Kondition kostet? So nah dran war ich an ihm. Hautnah! Nicht so milchbubenmäßig, wie die heute, die Viererverliererkette. Bei einem Metzelder gibt es nie ein Gemetzel. Der weint lieber im stillen, weil er so böse sein mußte.

Nein, bei mir gab es keine offene Flanke. Und wenn, nur als Fleischwunde und aufgerissen. Ich war immer hautnah – sonst hätte ich ihm das nie alles sagen können, meinem Wunderstürmer. Ich war immer dran, erbarmungslos. Gut, ich hab damals nicht gesoffen. Eine Zigarette mal ab und zu, ja. Aber keine Exzesse oder Rudelbildung. Die Blonden kommen erst ab der zweiten Liga. Diese ganzen Osteuropäer, hungrig wie nichts, für nichts und immer noch Nebenjobs. Zigaretten verschieben, Autos – alles verschieben. Wetten, Spiele, da hast du als blauäugiger Deutscher doch keine Chance. Der Albaner muß seine Familie füttern. Der Fall der Mauer..., weißt du, was die Kommunisten gesungen haben? Heute wird was los sein, heute müßt ihr groß sein, heute wenn das Spiel beginnt, seht wie sich drängen oben auf den Rängen, die Bonzen beim Bolzen, es ist wahr: Wer wagt, gewinnt. Jagt das runde Leder. Tore sehn will jeder. Keiner soll abseits stehn.

Aber deshalb gleich alle rüber zu uns? Nein, es war schon so: Der Fall der Mauer hat mich meine Karriere gekostet. Verstehst du? Schon wieder..., was ist das denn? Blute ich etwa? (*Er entdeckt den nächsten Treffer. Aber es könnte auch ein Spiel sein.*) Aber ich bin kugelsicher, Baby. Der Osten war für mich der Untergang. Keine Ossis, keine Rumänen, Bulgaren, Albaner – und ich hätte ganz oben gespielt. Deutsche Wertarbeit, Manndecker. Harter Knochen. Aber auch so hätte es ja fast geklappt, wäre ja fast im Finale gelandet. Finale, oh oh Finale, oh oh oh Berlin, Berlin. Marschieren wir nach Berlin, Benin, Benin – da gehören die alle hin.

Ich hätte mich in die Mauer stellen können, aber ich mußte ja bei meinem Mann bleiben. Aber meine Kollegen. Sind immer wieder zwei Schritte vor. Damit der Schiri sich wieder aufregen mußte und unterbrach, zu uns lief, und die Zeit verging. Die Zeit mußte angehalten werden, damit sie schneller verging. Damit es nicht am Ende noch eine Ecke gibt, wenn er den Freistoß nicht trifft, wenn er die Kugel nicht einlocht. Und ich auch am Trikot meines Mannes gezupft. Halt so gezupft, nur rumgerangelt, aber nicht zu heftig. Eben gerade so, daß der Schiri noch einmal kommt, noch einmal kommen muß und sagt: Letzte Warnung. Und wieder vergeht Zeit. Das ist, wie wenn du an der Eckfahne den Ball hältst und deinen Hintern dabei zum Gegner rausstreckst, bis er dich endlich umsäbelt, und du dir alle Zeit der Welt lassen kannst, und schön den Ball drehen kannst und warten, bis die Mauer steht. Keine Hektik und am allerbesten sich noch beschweren: Die sind doch zu nah am Ball, Schiri.

Alles Tricks, verstehst du? (*Eine dumpfe Detonation. Ein gedämpfter Schuß.*) War da wieder was? Warum ist der Stuhl umgefallen? Ich muß dir das zeigen. Stell dich mal hier hin, und die Hände so..., warte, ich machs dir vor. Die Hände vor die Eier. Natürlich hast du keine, aber sonst wirkt es nicht echt, Süße. Ich versteh nicht: Warum hast du solche Angst? Aber klar – Manndecker, so wie ich, das sind keine freundlichen Menschen, weißt du. Ich bin so etwas wie ein Stalker. Du siehst mich nicht, aber ich bin da. Unsichtbare Nähe. Ich habe es immer sehr genau genommen, sag ich ihm. Ich flüstere es ihm ins Ohr. Er ist schon wahnsinnig nervös, will sich konzentrieren, ist angespannt. Und ich an seinem

Ohr, und ich sage ihm: Ich habe deine Schuhe geputzt, ich streifte mit meinen Händen über das Leder und die drei Streifen. Ich habe die Stollen abgeschraubt und bin über deine Rückennummer mit meinen Fingern gefahren. Ich war in deinem Spind, habe etwas von deinem Duschgel, dem blauen, genommen und meine Brust damit aufgeschäumt. Ich hasse Stürmer mit Gel im Haar. So nah wie ich dir bin, stinke ich nach dem Spiel auch nach dem Zeug und habe es dauernd in der Nase.

Ich stecke meine Nase in alles rein, in alles, wie du weißt, denk an deine Frau. Ich habe die absolute Nase, ich kenne deine Laufwege, deine Täuschungen, Drehungen, Übersteiger, deinen Hinterkopf, die Furchen auf deiner Stirn. Ich habe mir alle Videos angesehen, in Zeitlupe, Bild für Bild, Rewind, Repeat, ich habe mir alles ausgedruckt, jede Wand im Haus mit dir tapeziert. Ich kenn dich auswendig, besser als du dich selbst kennst oder deine Frau dich kennt. Aber die kennt nicht dich, sondern nur dein Konto, mit dem schiebt sie auch die meisten Nummern. Sie kennt jede seiner Bewegungen besser als die deinen. Aber ich kenne sie. Übrigens, daß du nicht was Falsches denkst – ich bin nicht schwul. Nein, aber du gefällst mir. Du hast noch so eine straffe Haut im Nacken. Noch keine Narbe über dem Knöchel und was, Wow, für einen harten Schuß. Das hat mich umgehauen. Da hat es mich getroffen, damals glatt durch und dann gerannt, die

Lunge aus der Kehle gerannt, immer trockener wurde sie, die Luft. Immer mehr hat sie gebrannt, die Luft, die Lunge, immerzu gerannt und dabei die Richtung gewechselt, zickzack, unschlagbar, meine Kondition, Läuferlunge, Durchschußlunge – was hätte ich tun sollen?

Ich hatte ja nicht viel verdient zu meiner Zeit als Amateur. Da konntest du dir einen Opel kaufen, ne Pelzstola und nach der Karriere Lottobude, lauter Nieten um dich und der Traum vom großen Gewinn oder Getränkemarkt. Alles in der Hand – armseliges Leben und dieses wissende Lächeln, wenn sie zu dir kommen. Dieser Spott, diese Schadenfreude, das Tuscheln..., damals war der doch im Halbfinale und hat... Einen Kasten, bitte. Und immer verstummen sie, wenn ich näher komme. Oder sie sind voller Mitleid: Sie Armer. Und das mit Ihrer Frau, es tut uns ja so leid. Es ist schon so: Nen Opel und ne Pelzstola, das wars. Da blieb nichts, um es auf die Bank zu tragen. Von dort konntest du es dir nur holen.

Ich saß nie auf der Bank, habe nie auf der Bank gesessen. Die rechte Seite, da wo das Herz schlägt. Rechts, da war ich. Da war mein Raum, mein Lebensraum, da kannte ich jede Grasnarbe bis zu meiner Verletzung. Dann war es vorbei. Erst der Knochen und dann noch das Loch in der Lunge. Aber es war eh schon vorbei. Warum bist du nur so ängstlich? Jetzt hat es mich schon wieder getroffen. Die schöne Weste. Meine Süße, trink doch noch einen Schluck. Ich sollte dir das Ding aus dem Mund nehmen. Ich hau dich nicht um. Ich komm immer dann von hinten, wenn du es nicht erwartest, rutsch ich rein, so wie jetzt an deiner Bluse. So habe ich früher an seinem Trikot gezogen. Die sind ja sofort gerissen, die Teile da. Siehst du es? Genau wie deine Bluse jetzt. Bißchen dran gezogen, und schon ist sie in Fetzen gerissen. Hatten ja immer einen ganzen Koffer von den Teilen dabei, die Profis. Immer was Besseres waren die. Aber wir haben sie weggeputzt bis zum Halbfinale, und selbst dafür 90 Minuten. Und dann – dann kam der Freistoß.

Und kaum läuft der Schütze an, wird sofort wieder unterbrochen, und es gibt einen Anlauf im Strafraum. Unschöne Szenen, Gruppenbildung, nicht gerade übersichtlich. Da kannst du schon mal versteckt... also ich meine provozieren. Und dann schießt er endlich. Aua. Das tut weh. Und was pfeift die schwarze Sau, der Schiedsrichter? Wiederholung. Alles wieder von vorne. Ich wieder dran an meinem Mann und immer ein Auge auf die Uhr, und ein einziges Pfeifkonzert bricht los. Da fliegen nur so die Feuerzeuge um unsere Köpfe herum. Wie im kalten Krieg gings da zu. Mein Opa hat mir ja vom Krieg erzählt, die reaktionäre Faschistensau – wie ihn mein Vater nannte. Aber Fußball, meine Süße, ist nicht wie Krieg.

Und dann kam die Katastrophe: Wir so kurz vor dem Finale, dem Ziel – wir mußten ja Zeit gewinnen, klar, da durfte nichts mehr anbrennen. Weißt du, was das bedeutet hätte für mich? Finale, Berlin? Das wäre das Paradies gewesen, der Durchbruch, Verträge, international spielen. Alles Quälen hätte sich gelohnt. Da muß man schon zu jedem Mittel greifen. Da ist das Äußerste erlaubt. Es ging ja um Sekunden. So nah, so nah, nur halten, nur halten, wir mußten das Eins-null nur halten, und ich halte ihn. Fest, meinen Weltklassestürmer. Aber keiner sieht es und er... so sauer, so verzweifelt war er. Also – er, die Sau, mir mit dem Ellbogen in die Magengrube, und ich geh zu Boden. Etwa so. Natürlich total theatralisch, ich geh zu Boden, und ich winde mich, schnappe wie irre nach Luft, bekomme einen Krampf am Ende, man muß immer einen Krampf bekommen, das bringt Zeit. Und was sag ich dir?

Der Schiri schaut mich an. Ich denke: Der glaubt mir nicht. Der denkt, ich markiere hier, und das wäre Gelb für mich. Das wäre Gelb und in Folge Gelb: Rot. Mein Gott, ich schwitze. Es regnet, und ich schwitze, ich seh alles über mir zusammenbrechen und da – was sag ich dir? – da holt der Schiri ihn zu sich und gibt ihm Gelb. Er gibt ihm Gelb. Meinem Weltstürmer. Gelb. Nicht Rot, Tätlichkeit, das war klar eine Tätlichkeit, er hätte Rot verdient. Aber ehrlich, er hat mich kaum berührt. Dieser

Lärm, es war die Hölle los. Es ist die absolute Hölle, alles stürzt ein. Da ist doch was explodiert hier? Wie damals ... alles brennt, alles brennt! Rauchraketen. Ich bekomme keine Luft. Sie kommen, sie helfen mir auf die Beine. Und dann, jetzt macht schon, denk ich mir, und dann – unterbricht der Schiri schon wieder das Spiel. Wunderbar, denke ich, er unterbricht wieder, das bringt Zeit. Warum unterbricht er denn? Was? Auswechslung? Gleich, ich ahne es, gleich kommt die Tafel. Klar, er konnte noch einmal, noch ein einziges Mal wechseln, auswechseln, unser Trainer. Das bringt Zeit, wir gewinnen Zeit, so werden wir das Spiel gewinnen. Und was macht er, mein Trainer? Wie gesagt, er wechselt, um Zeit zu gewinnen, um weiter das Spiel zu unterbrechen, um sie total und definitiv aus dem Konzept zu bringen. Auswechseln, das sind zwei Minuten. Zwei unendliche Minuten, zwei Minuten. Ja, er wechselt, ich seh die Tafel, ich denke: Wen nimmt er jetzt raus? Unseren Stürmer? Der das Tor schoß, sicher, klar, den, wen sonst? Das muß er und das gibt einen irren Applaus. Gesänge, Fangesänge, oder sind das Sägen? Sprengen sie schon die Türen? Klar wechselt er unseren Stürmer aus. Das demotiviert die anderen zum Schluß noch mehr. Ich seh, ich seh es noch ganz genau vor mir, und jetzt sehe ich es, als würde es im Moment geschehen. Ich seh, wie auch unser Stürmer, wie er glaubt, daß er jetzt raus muß, seh, wie er sich schon freut. Klar, was für ein Abgang, was für ein göttlicher Abgang. Soloapplaus und dann Berlin, Finale und durch sein Tor, das goldene Tor, der goldene Schuß, man muß nur treffen, und alle Träume werden wahr. Aber was passiert?

Meine Nummer blinkt da! Meine Nummer auf der Tafel. Ich denke, das kann gar nicht sein. Ich reagiere gar nicht, das kann nicht sein, der meint nicht mich, nie! Aber da schubst mich schon einer von der gegnerischen Mannschaft, schubst mich – was denkt der sich? Und mein Junge hier, der Weltklassespieler, der – was sage ich Dir? – der hat richtig Abschiedsschmerzen und klopft mir auf die Schulter. Spinnt der? Denn der klopft mir auf die Schulter, als hätten die fünf-null gewonnen. Als stünden nicht wir mit einem Bein im Finale. Er klopft mir auf die Schulter, so respektiert hat der mich. Und der wußte, das habe ich verdient, das habe ich mir verdient, der wußte, was ich geleistet habe, wußte, daß ich Weltklasse war. Er klopft mir auf die Schulter, und ich sag noch, wie im Reflex, wie unter Schock – wie du unter Schock, wie ich jetzt, ich bin doch getroffen, jetzt, oder?

Ich sag zu ihm auf jeden Fall, sag zu ihm, du, aber dein Trikot, das bekomme ich doch, oder? Das bekomme ich, gehört mir, nur mir, versprich mir: Das gibst du keinem andern. Und er nickt. Mir zu. Ja heißt das. Woher hat er die Ruhe? (*Man sieht ein vermummtes Gesicht am Fenster, eher einen Schat-*

ten. Geräusche, so bewußt leise, daß sie laut sind, laut in der Stille. Es ist, als könne die Bank jeden Moment gestürmt werden.) Nickt mir in aller Seelenruhe zu. Wie der am Fenster gerade. Die scheiden doch aus. Wie kann er so ruhig sein? Er weiß doch, die Presse macht Fischfutter aus denen. Und ich gehe wie in Trance von diesem Platz. So – wie ich jetzt hier durch diesen Raum durch den Kugelhagel laufe. Und ich schau meinen Trainer nicht an. Aber er schaut mich auch nicht an, denn der Freistoß wird ausgeführt. Ich will mich gar nicht umdrehen. Dreh mich dann doch um und ich sehe – stell dir das vor. Dreh dich mal um – ich sehe, wie mein Junge sich in die Luft schraubt und keiner ist bei ihm, ganz einsam schraubt er sich da über alle anderen. Und der Ball trifft seine Stirn, und unser Torwart greift noch über. Hat die Finger noch fast dran am Ball. So, da, so hat er sie dran, so hat er sie dran, mit den Fingerspitzen ist er noch dran. Und lenkt den Ball an den Pfosten, aber nur an den Innenpfosten.

Er war drinnen, der Ball. War drinnen und aus. Alle springen von den Stühlen. Springen auf ihn drauf. Jubel. Ein einziges Knäuel. Wie wir jetzt unter den Stühlen. Ein Feuerwerk bei deren Fans und totenstill unser Block. Totenstill, ich bin getroffen. So still ist es. Und alles Protestieren hilft nichts. Und der Schiri pfeift ab. Er gibt das Tor, und dann pfeift er ab, Ende der Nachspielzeit. Ende der Nachspielzeit, noch kein Finale. Nein, es gibt Elfmeterschießen. Es gibt Elfmeterschießen. Was soll ich dir sagen? Es ist klar. So ist Fußball. Da sind Tragödien. Es ist völlig klar, daß ausgerechnet der Spieler, der für mich kam, daß genau der verschossen hat.

Den Ball volle Pulle in den Himmel. Geschossen, meine Zukunft verschossen. Da kann er noch so heulend am Boden liegen. Ich hatte kein Mitleid. Wir haben verloren wegen ihm. Was soll ich da Mitleid zeigen? Bin ich Jesus? Ich habe ihn in der Kabine an die Wand gedrückt. Ich hätte ihn reingemacht, schrei ich ihn an, ich hätte ihn sicher reingemacht! Und er haut drüber. Er denkt, er könne den Ball unter die Latte knallen wie ein Brasilianer ins Kreuzeck. Samba Samba, nichts da, aus, Ende, kein Finale, nicht Berlin, ich hau ihn rein, hau ihn rein in den Türrahmen, den Typen, diese Null. Und was bekomme ich? Was ist der Dank? Dafür, daß sie durch mich überhaupt bis zum Elfmeterschießen kamen? Was ist der Dank? – Disziplinarstrafe und aus dem Kader. Das ist das Karriereende. Nur weil ich ihm eine mitgegeben habe. Strafstoß, du verstehst das. Mein Strafstoß, ich hätte ihn eiskalt verwandelt. Beinschuß.

Aber das Trikot, das habe ich mir geholt. (*Er bricht zusammen, ist von einem Schuß am Hals getroffen, und kurz darauf von einem weiteren.*) Blutrot, bin rein in ihre Kabine, Champagner ist bei denen geflossen. Die hatten Champagner dabei. Haben mir auf die Schulter geklopft, die haben mich respektiert. Das tut so weh hier. Für die war ich einer von ihnen, einer wie sie, ein Kämpfer. Und seitdem, seit diesem Tag... halt mir bitte etwas den Kopf, danke. Seit diesem Tag trage ich dieses Trikot.

Sieger! Immer wenn es drauf ankommt, trage ich es. Und es riecht nach Angst, dieses Trikot. Aber es riecht auch nach Sieg. Nach Geld. Nach meinem Geld, nach dem Geld, das mir gehört. Und Geld stinkt nicht. Und wenn es anders gelaufen wäre, würde er, der Junge, heute hier in deinen Armen liegen und verrecken. Und ich läge irgendwo, weit weg, an einem Pool in der Karibik. Und alles wäre ganz entspannt. Aber so ist das – erst hast du kein Glück und dann kommt auch noch Pech dazu. Wie Pech und Schwefel ist das. Mit dem Trikot und mir. So kommt mir keiner aus.

Ich bleibe immer am Mann. Sensenmann, bleibe immer an ihm dran. Kommt keiner aus. Magst du es mal anziehen? Das Trikot. Wollen wir unsere Trikots tauschen? Ich schaff das. Ich schaff das schon, noch einmal aufzustehen. Steh auf. Steh auf, ich schaff das schon. (*Er versucht mit letzter Kraft aufzustehen, schafft es auch, spricht weiter, spricht weiter, erhitzt, wie ein Fernsehkommentator am Ende des Finales.*) Die neunzig Minuten sind um. Jetzt müssen sie nochmal alle Kräfte zusammennehmen und den Ball halten. Er kriegt ihn, (*Ein weiterer Schuß. Er fällt zu Boden.*) fällt zu Boden. Und das Spiel ist aus, das Spiel ist aus: Weltmeister!

black

Deutschsprachige Gegenwartsliteratur
in der edition suhrkamp
Eine Auswahl

Paul Brodowsky
- Milch Holz Katzen. es 2267. 72 Seiten

Esther Dischereit
- Joëmis Tisch. Eine jüdische Geschichte. es 1492. 122 Seiten
- Übungen, jüdisch zu sein. Aufsätze. es 2067. 150 Seiten

Dirk Dobbrow
- Alina westwärts / Paradies. Stücke und Materialien.
  es 3428. 204 Seiten
- Late Night. Legoland. Stücke und Materialien.
  es 3403. 204 Seiten
- Der Mann der Polizistin. Roman. es 2237. 190 Seiten

Kurt Drawert
- Alles ist einfach. Stück in sieben Szenen. es 1951. 116 Seiten
- Haus ohne Menschen. Zeitmitschriften. es 1831. 120 Seiten
- Privateigentum. Gedichte. es 1584. 138 Seiten
- Rückseiten der Herrlichkeit. Texte und Kontexte.
  es 2211. 256 Seiten
- Spiegelland. Ein deutscher Monolog. es 1715. 157 Seiten
- Steinzeit. es 2151. 160 Seiten

Oswald Egger
- Herde der Rede. Poem. es 2109. 380 Seiten
- Nichts, das ist. Gedichte. es 2269. 160 Seiten

Werner Fritsch
- Aller Seelen. Golgatha. Stücke und Materialien.
  es 3402. 200 Seiten
- CHROMA. EULEN:SPIEGEL. Stücke und Materialien.
  es 3419. 201 Seiten
- Es gibt keine Sünde im Süden des Herzens. Stücke.
  es 2117. 302 Seiten
- Fleischwolf. Gefecht. es 1650. 112 Seiten
- Die lustigen Weiber von Wiesau. Stück und Materialien.
  es 3400. 189 Seiten
- Schwejk? Hydra Krieg. Stücke und Materialien.
  es 3437. 224 Seiten
- Steinbruch. es 1554. 53 Seiten

Rainald Goetz
- Celebration. Texte und Bilder zur Nacht. es 2118. 286 Seiten

Dieter M. Gräf
- Rauschstudie. Vater + Sohn. Gedichte. es 1888. 86 Seiten

Durs Grünbein
- Grauzone morgens. Gedichte. es 1507. 93 Seiten
- Warum schriftlos leben? Aufsätze. es 2435. 122 Seiten

Norbert Gstrein
- Anderntags. Erzählung. es 1625. 116 Seiten
- Einer. Erzählung. es 1483 und es 2423. 118 Seiten

Katharina Hacker
- Morpheus oder Der Schnabelschuh. es 2092. 126 Seiten
- Tel Aviv. Eine Stadterzählung. es 2008. 145 Seiten

Johannes Jansen
- Halbschlaf. Tag Nacht Gedanken. es 2380. 85 Seiten

- heimat ... abgang ... mehr geht nicht. ansätze. mit zeichnungen von norman lindner. es 1932. 116 Seiten
- Reisswolf. Aufzeichnungen. es 1693. 67 Seiten
- Splittergraben. Aufzeichnungen II. Mit zahlreichen Abbildungen. es 1873. 116 Seiten
- Verfeinerung der Einzelheiten. Erzählung. es 2223. 112 Seiten

Angela Krauß
- Die Gesamtliebe und die Einzelliebe. Frankfurter Poetikvorlesungen. es 2389. 103 Seiten

Barbara Köhler
- Deutsches Roulette. Gedichte 1984-1989. es 1642. 85 Seiten
- Wittgensteins Nichte. vermischte schriften / mixed media. es 2153. 175 Seiten

Uwe Kolbe
- Abschiede. Und andere Liebesgedichte. es 1178. 82 Seiten

Ute-Christine Krupp
- Alle reden davon. Roman. es 2235. 140 Seiten
- Greenwichprosa. es 2029. 102 Seiten

Christian Lehnert
- Der Augen Aufgang. Gedichte. es 2101. 112 Seiten
- Der gefesselte Sänger. Gedichte. es 2028. 92 Seiten
- Ich werde sehen, schweigen, hören. es 2369. 100 Seiten

Jo Lendle
- Unter Mardern. es 2111. 99 Seiten

Thomas Meinecke
- The Church of John F. Kennedy. Roman. es 1997. 245 Seiten

Bodo Morshäuser
- Hauptsache Deutsch. es 1626. 205 Seiten
- Revolver. Vier Erzählungen. es 1465. 140 Seiten
- Warten auf den Führer. es 1879. 142 Seiten

José F. A. Oliver
- fernlautmetz. Gedichte. es 2212. 80 Seiten
- nachtrandspuren. Gedichte. es 2307. 128 Seiten

Albert Ostermaier
- Death Valley Junction. Stück und Materialien.
  es 3401. 111 Seiten
- Erreger / Es ist Zeit. Abriss. Stücke und Materialien.
  es 3421. 111 Seiten
- fremdkörper hautnah. Gedichte. es 2032. 100 Seiten
- Herz Vers Sagen. Gedichte. es 1950. 73 Seiten
- Katakomben. Auf Sand. Stücke und Materialien.
  es 3433. 144 Seiten
- Letzter Aufruf. 99 Grad. Stücke und Materialien.
  es 3417. 150 Seiten
- The Making Of. Radio Noir. Stücke. es 2130. 192 Seiten
- VATERSPRACHE. es 2436. 60 Seiten

Doron Rabinovici
- Credo und Credit. Einmischungen. es 2216. 160 Seiten
- Österreich. Berichte aus Quarantanien. Herausgegeben von
  Isolde Charim und Doron Rabinovici. es 2184. 172 Seiten
- Papirnik. Stories. es 1889. 134 Seiten

Ilma Rakusa
- Love after Love. Gedichte. es 2251. 68 Seiten

Patrick Roth
- Ins Tal der Schatten. Frankfurter Poetikvorlesungen. Mit CD.
  es 2277. 120 Seiten

Christoph Schlingensief
- Schlingensiefs »Ausländer raus!« Bitte liebt Österreich.
  Herausgegeben von Matthias Lilienthal und Claus Philipp.
  es 2210. 272 Seiten
- Christoph Schlingensiefs ›Nazis rein‹. Herausgegeben von
  Thekla Heineke und Sandra Umathum.
  es 2296. 328 Seiten

Lutz Seiler
- pech & blende. Gedichte. es 2161. 90 Seiten
- Sonntags dachte ich an Gott. Aufsätze. es 2314. 140 Seiten

Silke Scheuermann
- Der Tag an dem die Möwen zweistimmig sangen. Gedichte.
  es 2239. 90 Seiten

Hans-Ulrich Treichel
- Der einzige Gast. Gedichte. es 1904. 71 Seiten
- Der Entwurf des Autors. Frankfurter Poetikvorlesungen.
  es 2193. 117 Seiten
- Liebe Not. Gedichte. es 1373. 79 Seiten
- Über die Schrift hinaus. Essays zur Literatur.
  es 2144. 241 Seiten

Jamal Tuschick
- Bis zum Ende der B-Seite. Roman. es 2333. 186 Seiten
- Kattenbeat. Roman in drei Stücken. es 2234. 180 Seiten
- Keine große Geschichte. Roman. es 2166. 200 Seiten

Christian Uetz
- Don San Juan. es 2263. 80 Seiten
- Das Sternbild versiegt. Gedichte. es 2376. 96 Seiten

Anne Weber
- Ida erfindet das Schießpulver. es 2108. 120 Seiten

»Das Medienzeitalter«
in der edition suhrkamp

Pierre Bourdieu. Über das Fernsehen. Übersetzt von Achim Russer. es 2054. 140 Seiten

Cyberhypes. Möglichkeiten und Grenzen des Internet. Herausgegeben von Rudolf Maresch und Florian Rötzer. es 2202. 270 Seiten

Der digitale Wahn. Herausgegeben von Bernhard Bürdek. es 2146. 150 Seiten

Digitaler Schein. Ästhetik der elektronischen Medien. Herausgegeben von Florian Rötzer. es 1599. 578 Seiten

Andreas Dörner. Politainment. Aufklärung durch Unterhaltung. es 2203. 272 Seiten

Gottschalk, Kerner & Co. Showmaster – der ganz normale Star. Herausgegeben von Rolf Parr und Matthias Thiele. es 2175. 280 Seiten

Jochen Hörisch. Brot und Wein. Die Poesie des Abendmahls. es 1692. 295 Seiten

Jochen Hörisch. Gott, Geld und Medien. Studien zur Medialität der Welt. es 2363. 240 Seiten

Jochen Hörisch. Kopf oder Zahl. Die Poesie des Geldes. Mit Abbildungen. es 1998. 370 Seiten

Jochen Hörisch. Ende der Vorstellung. Die Poesie der Medien. es 2115. 292 Seiten

Kluges Fernsehen. Alexander Kluges Kulturmagazine.
Herausgegeben von Christian Schulte und Winfried Siebers.
Mit zahlreichen Abbildungen. es 2244. 266 Seiten

Richard Meng. Der Medienkanzler. Das System Schröder.
es 2265. 256 Seiten

Thomas Meyer. Mediokratie. Die Kolonisierung der Politik
durch das Mediensystem. es 2204. 240 Seiten

Microsoft. Medien — Macht — Monopol. Herausgegeben
von Alexander Roesler und Bernd Stiegler. es 2281. 272 Seiten

Mythos Internet. Herausgegeben von Stefan Münker und
Alexander Roesler. es 2010. 394 Seiten

Andreas Neumeister. Angela Davis löscht ihre Website.
es 2310. 120 Seiten

Popvisionen. Links in die Zukunft. Herausgegeben von
Klaus Neumann-Braun, Axel Schmidt und Manfred Mai.
es 2257. 280 Seiten

Praxis Internet. Kulturtechniken der vernetzten Welt.
Herausgegeben von Stefan Münker und Alexander Roesler.
es 2254. 288 Seiten

Roberto Simanowski. Interfictions. Vom Schreiben im Netz.
es 2247. 208 Seiten

Soundcultures. Über elektronische und digitale Musik.
Herausgegeben von Marcus S. Kleiner und Achim Szepanski.
Mit einer Musik-CD. es 2303. 240 Seiten

Telefonbuch. Beiträge zu einer Kulturgeschichte des Telefons. Herausgegeben von Stefan Münker und Alexander Roesler. es 2174. 208 Seiten

TeleVisionen. Herausgegeben von Stefan Münker und Alexander Roesler. es 2091. 240 Seiten

Viva MTV! Popmusik im Fernsehen. Herausgegeben von Klaus Neumann-Braun. es 2090. 320 Seiten

Wahl-Kämpfe. Betrachtungen über ein demokratisches Ritual. Herausgegeben von Andreas Dörner und Ludgera Vogt. es 2264. 200 Seiten

»Soziologie«
in der edition suhrkamp
Eine Auswahl

Zygmunt Bauman
- Flüchtige Moderne. Übersetzt von Reinhard Kreissl. es 2447. 260 Seiten
- Vom Nutzen der Soziologie. Übersetzt von Christian Rochow. es 1984. 329 Seiten

Ulrich Beck
- Die Erfindung des Politischen. Zu einer Theorie reflexiver Modernisierung. es 1780. 303 Seiten
- Gegengifte. Die organisierte Unverantwortlichkeit. es 1468. 324 Seiten
- Risikogesellschaft. Auf dem Weg in eine andere Moderne. es 1365 und es 3326. 396 Seiten
- Das Schweigen der Wörter. Über Terror und Krieg. Rede vor der Staatsduma Moskau, November 2001. Sonderdruck es. 57 Seiten

Ulrich Beck/Anthony Giddens/Scott Lash. Reflexive Modernisierung. Eine Kontroverse. es 1705. 364 Seiten

Pierre Bourdieu
- Ein soziologischer Selbstversuch. Übersetzt von Stephan Egger. Mit einem Nachwort von Franz Schultheis. es 2311. 160 Seiten
- Praktische Vernunft. Zur Theorie des Handelns. Übersetzt von Hella Beister. es 1985. 226 Seiten
- Rede und Antwort. Übersetzt von Bernd Schwibs. es 1547. 237 Seiten
- Soziologische Fragen. Übersetzt von Hella Beister und Bernd Schwibs. es 1872. 256 Seiten

- Über das Fernsehen. Übersetzt von Achim Russer.
  es 2054. 140 Seiten

Norbert Elias über sich selbst. A. J. Heerma van Voss und A. van Stolk, Biographisches Interview mit Norbert Elias. Norbert Elias, Notizen zum Lebenslauf. Übersetzt von Michael Schröter. es 3329. 199 Seiten

Wolfgang Fach. Die Regierung der Freiheit. es 2334. 234 Seiten

Anthony Giddens. Entfesselte Welt. Wie Globalisierung unser Leben verändert. Übersetzt von Frank Jakubzik.
es 2200. 116 Seiten

Wilhelm Heitmeyer (Hg.)
- Deutsche Zustände. Folge 1. Herausgegeben von Wilhelm Heitmeyer. es 2290. 304 Seiten
- Deutsche Zustände. Folge 2. es 2332. 320 Seiten

Wilhelm Heitmeyer/Hans-Georg Soeffner (Hg.) Gewalt. Neue Entwicklungen und alte Analyseprobleme.
es 2246. 560 Seiten

Wolfgang Hoffmann-Riem
- Kriminalpolitik ist Gesellschaftspolitik. es 2154. 232 Seiten
- Modernisierung von Recht und Justiz. Eine Herausforderung des Gewährleistungsstaates. es 2188. 364 Seiten

Barbara Holland-Cunz. Die alte neue Frauenfrage.
es 2335. 309 Seiten

Karl Otto Hondrich
- Enthüllung und Entrüstung. Eine Phänomenologie des politischen Skandals. es 2270. 166 Seiten
- Liebe in Zeiten der Weltgesellschaft. es 2313. 176 Seiten

- Der Neue Mensch. es 2287. 222 Seiten
- Wieder Krieg. es 2297. 194 Seiten

Marie Jahoda/Paul F. Lazarsfeld/ Hans Zeisel. Die Arbeitslosen von Marienthal. Ein soziographischer Versuch über die Wirkungen langandauernder Arbeitslosigkeit. Mit einem Anhang zur Geschichte der Soziographie. es 769. 148 Seiten

Franz-Xaver Kaufmann
- Herausforderungen des Sozialstaates. es 2053. 194 Seiten
- Sozialpolitsches Denken. Die deutsche Tradition. es 2321. 203 Seiten
- Varianten des Wohlfahrtsstaats. Der deutsche Sozialstaat im internationalen Vergleich. es 2301. 330 Seiten

Wolf Lepenies. Benimm und Erkenntnis. Über die notwendige Rückkehr der Werte in die Wissenschaften. Die Sozialwissenschaften nach dem Ende der Geschichte. Zwei Vorträge. Redaktion: Rüdiger Zill. Erbschaft unserer Zeit. Band 1. es 2018. 100 Seiten

Alexander Meschnig/Mathias Stuhr (Hg.). Arbeit als Lebensstil. Herausgegeben von Alexander Meschnig und Mathias Stuhr. es 2308. 212 Seiten

Rainer Paris. Stachel und Speer. Machtstudien. es 2038. 226 Seiten

Elmar Rieger/Stephan Leibfried. Grenzen der Globalisierung. Perspektiven des Wohlfahrtsstaates. es 2207. 410 Seiten

Bernhard Zangl/Michael Zürn. Frieden und Krieg. Sicherheit in der nationalen und postnationalen Konstellation. es 2337. 338 Seiten